Le règne de Malak

CAITLIN CREWS

Le règne de Malak

Traduction française de
LOUISE LAMBERSON

Azur

HARLEQUIN

Collection : Azur

Titre original :
SHEIKH'S SECRET LOVE-CHILD

HARPERCOLLINS FRANCE
83-85, boulevard Vincent-Auriol, 75646 PARIS CEDEX 13
Service Lectrices — Tél. : 01 45 82 47 47

www.harlequin.fr

ISBN 978-2-2804-1336-7 — ISSN 0993-4448

1.

Quatre costauds en costume noir entrèrent dans le restaurant, faisant sursauter Shona.

Elle ne s'était jamais trouvée face à des gardes du corps chargés de protéger un chef d'État ou un prince. Mais elle sut d'instinct qui étaient ces hommes à la mine sombre — et ce qu'ils voulaient.

En fait, elle n'était pas surprise de les découvrir là. Atterrée, oui. Terrifiée, même. Mais pas étonnée.

Prépare-toi.

Les types regardaient tout autour d'eux. Pas dans le but de repérer une table comme les touristes venus se balader dans le Quartier français. Les traits impénétrables, ils semblaient plutôt jauger les quelques clients déjà installés, qui dînaient en bavardant tranquillement.

Cette sérénité, Shona était loin de la ressentir. Pétrifiée derrière le bar, elle fut traversée par un frisson glacé, suivi d'un tremblement incontrôlable.

Tout espoir était-il perdu ? Non, il pouvait s'agir d'une célébrité quelconque. Cela se produisait souvent, même dans un établissement aussi modeste que celui-là. Sauf que ces types n'avaient pas le profil Hollywood. Ils étaient trop sérieux. En outre, c'était elle, qui polarisait à présent leur attention.

À cette heure, la salle était encore à moitié vide. Mais dans le Quartier français — centre historique de La Nouvelle-Orléans, un restaurant pouvait se remplir en un clin d'œil, à n'importe quel moment.

Pourvu qu'une foule de clients arrive...

Hélas, quand la porte se rouvrit, ce ne fut pas sur une horde de touristes affamés. Un homme de haute taille entra, flanqué de deux costauds supplémentaires.

Et cette fois, le dernier espoir de Shona s'envola d'un coup, laissant place au pire de ses cauchemars.

Car elle connaissait cet homme en costume taillé sur mesure, qui ajustait ses manchettes de chemise d'un geste nerveux en regardant alentour d'un air dédaigneux. Comme si cet environnement était indigne de lui.

Cet examen des lieux ne dura qu'un instant. Le regard arrogant se concentrait déjà sur Shona.

Les souvenirs déferlèrent alors dans son esprit. Un flot d'images, de sensations la submergea. Elle eut beau se persuader que cet homme ne possédait plus le pouvoir de l'affecter, rien ne put endiguer le courant sauvage qui la parcourait.

Inutile de se raconter des histoires, il l'avait de nouveau atteinte. Au plus profond de son être.

Les yeux rivés aux siens n'étaient pas noirs comme ils le paraissaient à cette distance, mais verts. D'un vert unique et profond, vibrant. Jamais elle n'avait revu cette nuance chez quiconque. Ni de visage aussi beau, avec ces hautes pommettes saillantes. Ni de bouche aussi sensuelle, aussi attirante. Ni de mains aux longs doigts capables de faire des merveilles.

Shona avait oublié beaucoup de choses depuis cette nuit magique vécue cinq ans plus tôt. Notamment son sens de l'humour, peut-être, ainsi que l'insouciance et l'intrépidité de la jeune femme qu'elle avait été ce soir-là. Celle qui avait découvert des plaisirs fabuleux dans les bras d'un somptueux inconnu rencontré dans un bar. Partagé avec lui des instants brûlants dont les conséquences allaient changer le cours de son existence à tout jamais.

Mais *lui*, elle ne l'avait pas oublié. En dépit de tous ses efforts.

— Bonsoir, Shona. Ravi de te revoir.

Sa voix non plus, elle ne l'avait pas oubliée. Cette voix de basse au timbre profond qui passait sur elle comme une caresse, nuancée de ce léger accent britannique racé auquel se mêlait celui de son pays natal, le lointain royaume de Khalia.

C'était en feuilletant un magazine dans la salle d'attente de sa gynécologue que Shona avait découvert par hasard la photo — et l'identité — du géniteur de l'enfant qu'elle portait. Avant cela, elle n'avait jamais entendu parler de ce petit pays situé à l'autre bout du monde.

Son seul et unique amant — dont elle n'avait connu que le prénom — était prince, avait-elle appris avec stupeur et effroi. Il appartenait à la famille royale de Khalia.

Terrassée par cette incroyable, et terrifiante, découverte, elle avait effectué des recherches poussées sur Internet, avide de tout savoir sur Malak al-Khalia. Ce qu'elle avait lu sur lui dépassait tout ce qu'elle aurait pu imaginer. Quant aux photos du « prince play-boy », comme l'appelaient les journalistes, elles le montraient toujours accompagné de blondes superbes qu'il semblait collectionner.

Bouleversée par ces révélations, Shona avait renoncé à prendre contact avec son prince. À quoi bon ? Si elle parvenait à le joindre d'une façon ou d'une autre, pour lui annoncer la nouvelle, les conséquences seraient terribles. Son amant d'une nuit réapparaîtrait aussitôt dans sa vie et userait de tout son pouvoir et de ses moyens, entre autres financiers, pour lui ravir son enfant. Leur histoire était tristement classique : une femme comme elle pouvait être la maîtresse d'une nuit, mais certainement pas porter l'enfant d'un homme comme lui.

Et vu qu'il débarquerait sans doute accompagné de ses avocats, l'affaire serait réglée en un tournemain. Après lui avoir fait signer divers contrats, dont un de confidentialité, on lui proposerait une généreuse indemnité. Le puissant prince repartirait alors avec son enfant, résolu à ramener son héritier de sang royal parmi les siens.

Jamais elle ne prendrait le risque qu'on lui enlève son bébé, s'était alors juré Shona. Elle ne possédait rien au monde hormis ce petit être qui allait naître et elle le garderait, même si son père biologique était prince, cheikh et fils de roi.

Depuis le jour où elle avait vu Malak en photo dans ce magazine et sur Internet cinq ans plus tôt, elle n'avait jamais souhaité le revoir. Encore moins en chair et en os.

— Ne me dis pas que tu ne te souviens pas de moi, Shona, reprit-il de sa voix grave et sensuelle.

Alors qu'elle s'apprêtait à mentir, il l'arrêta d'un geste de la main.

— Ne me mens pas, poursuivit-il en continuant de la regarder droit dans les yeux. Cela te va mal.

Son corps fondait au son de sa voix. C'était plus fort qu'elle. Mais il était hors de question que Malak s'en rende compte.

— À vrai dire, je me fiche de savoir ce que tu penses de moi, répliqua-t-elle, du ton qu'elle aurait utilisé pour envoyer paître un pauvre type croisé dans la rue.

Les costauds eurent l'air *très* choqué par son attitude ; les yeux de Malak étincelèrent fugacement.

— Je vois que tu es venu avec des amis, cette fois, continua Shona. Simple visite de courtoisie, je suppose ? Dommage que je sois si occupée, j'aurais adoré bavarder avec toi, Malak.

Il sourit. Mais ce sourire n'avait rien de commun avec celui dont elle avait gardé le souvenir. L'air calme, impérieux, Malak faisait monter en elle un accès de panique folle. D'autant qu'il ne renvoyait pas ses gardes du corps, confirmant par là les pires craintes de Shona.

Même s'il voyageait dans la région pour affaires, comme ç'avait été le cas cinq ans plus tôt, il n'était pas venu la voir en passant. Ni parce qu'il se languissait d'elle.

Aussi n'avait-elle plus aucun doute sur le motif qui

l'avait amené à pousser la porte du restaurant où elle travaillait, au lieu d'aller la trouver chez elle. Il s'était *déjà* rendu là-bas, à la petite maison qu'elle louait à un quart d'heure de marche du Quartier français.

Shona se félicita d'avoir déposé Miles chez Ursula avant de venir ici. Ursula avait un petit garçon de six ans et travaillait elle aussi à des horaires décalés. Elles s'étaient rencontrées quelques années plus tôt, dans un autre restaurant où elles étaient serveuses toutes les deux, et depuis, elles partageaient la garde des enfants. Par conséquent, leur relation était basée sur des raisons pratiques plus que des liens amicaux. Elles buvaient un verre ensemble de temps en temps, mais pas davantage.

En vérité, Shona n'avait pas plus d'amis qu'elle n'avait de famille.

— Y a-t-il un endroit tranquille où nous pourrions parler ? demanda Malak.

Il s'agissait d'un ordre, pas d'une question, comprit-elle avec un frisson. Donné par un homme qui n'avait plus rien de commun avec l'amant passionné d'autrefois.

Or Shona n'avait jamais été douée pour obéir aux ordres. Après avoir été abandonnée par sa mère alors qu'elle n'avait que quelques jours, elle était passée de famille d'accueil en foyer d'accueil, où elle n'avait connu que de l'indifférence. Aussi avait-elle vite appris à s'endurcir pour survivre, à résister et à ne compter que sur elle-même, développant ainsi un farouche désir d'indépendance. À dix-huit ans, quand elle avait enfin été libre de voler de ses propres ailes, elle s'était frayé un chemin dans la vie sans jamais rien demander à personne. Avant et après sa grossesse.

Et elle n'avait pas l'intention de changer maintenant pour les beaux yeux d'un prince arrogant en costume somptueux, sans aucun doute coupé sur mesure par son tailleur personnel.

— Non.

À en juger par son froncement de sourcils, il n'avait pas l'habitude d'essuyer un refus.

— Non ? répéta-t-il.

Comme si elle s'était trompée de réponse et allait se reprendre en se rendant compte de sa bévue.

— Nous n'avons rien à nous dire, affirma-t-elle.

Elle croisa les bras sur sa poitrine, ravie de porter sa tenue de travail au lieu d'être parée comme le soir de leur rencontre. Elle était serveuse, point final, et elle n'avait absolument pas honte de cet état. La tenue en question consistait en un T-shirt noir orné d'un logo stupide, un petit tablier noir lui ceignant les hanches, sur la courte jupe rouge à laquelle tenait le propriétaire — parce que cela aidait à obtenir des pourboires. Côté coiffure, rien de sophistiqué non plus : ses cheveux, tirés en arrière, tombaient librement sur son dos en boucles brunes.

Jamais un prince sophistiqué n'aurait remarqué une femme aussi ordinaire. Peut-être son apparence banale lui rappellerait-elle pourquoi il avait disparu, ce matin-là. Avec un peu de chance, il suffirait de faire ressortir son manque d'éducation et de classe pour le voir disparaître encore une fois.

— Je crains que nous ne devions au contraire discuter d'un certain nombre de choses, répliqua-t-il du même ton autoritaire. Peu m'importe si tu n'en éprouves ni le besoin ni le désir.

Tout en parlant, il enfonça les mains dans ses poches de pantalon et sourit, d'un sourire irrésistible et dévastateur.

Le sourire de l'homme dont elle avait gardé un souvenir vivace. Celui rencontré cinq ans plus tôt, dans ce bar de l'hôtel où elle avait toujours désiré entrer. Le sourire qui l'avait charmée d'emblée. Le sourire chaud et sensuel qui l'avait amenée à se comporter d'une façon totalement inhabituelle.

Depuis, Shona avait toujours refusé de regretter ce qui s'était passé, cette nuit-là. Mais à présent, son cœur battait à tout rompre, tandis que des émotions enfouies depuis des années refaisaient brusquement surface, remettant tout en question.

Ainsi, le Malak charmant et délicieux d'alors, elle ne l'avait pas imaginé. Il n'était plus le même, certes, mais derrière la façade autoritaire et sombre, elle reconnaissait celui qui l'avait séduite. Lorsqu'il lui souriait ainsi, les mains dans les poches, elle se rappelait leur merveilleuse nuit, dans les moindres détails.

Jamais aucun autre homme ne l'avait attirée depuis. Jamais elle n'avait ressenti une telle fascination. Un tel désir. Au point que Malak avait été son seul et unique amant.

Shona repoussa ces pensées. Ce n'était pas le moment de se laisser aller à ce genre de considération. Elle aurait dû s'occuper de la question plus tôt. Durant toutes ces années, elle s'était répété qu'elle était trop fatiguée, trop stressée, trop pauvre, trop ci ou ça pour sortir et rencontrer des hommes. Mais soudain, elle avait l'impression de porter une tare. À cause de cette abstinence stupide, de son manque d'expérience en matière de sexe et d'hommes, elle se sentait démunie face à Malak.

Alors que lui détenait le pouvoir de bouleverser son existence.

Encore une fois.

— Au cas où tu ne l'aurais pas remarqué, je travaille, dit-elle du même ton dédaigneux. La prochaine fois que tu veux discuter, téléphone-moi, ce sera plus simple.

— Impossible, il y a des situations dont on ne peut s'entretenir au téléphone.

— Ah oui ? Sauf qu'il n'y a pas de *situation*, répliqua-t-elle plus fermement.

Shona redoutait ce moment depuis des années. Et maintenant qu'il était arrivé, elle avait l'impression d'en avoir terminé avec la peur. Peut-être était-ce pour cela que, en dépit des battements désordonnés de son cœur et de la sensation de malaise qui lui nouait le ventre, elle soutenait le regard de Malak sans se laisser impressionner.

Du coin de l'œil, elle remarqua que les gardes bloquaient toutes les sorties. Mais il devait bien y avoir un moyen de s'échapper. Il lui faudrait courir chez Ursula, récupérer Miles et ficher le camp, loin La Nouvelle-Orléans.

Si elle et son fils disparaissaient du jour au lendemain, on se rendrait à peine compte de leur absence. Personne ne les regretterait. Aussi suffisait-il de se débarrasser de Malak et de ses sbires d'une façon ou d'une autre, et d'aller se réfugier quelque part, n'importe où. Comme elle aurait dû le faire cinq ans plus tôt.

Malak fit un pas en avant, interrompant le cours de ses pensées. Une lueur menaçante brillait au fond de ses yeux.

Les yeux de Miles.

— Tu as raison, acquiesça-t-il. Il n'est pas question d'une *situation* mais d'un petit garçon. Tu l'as appelé Miles, je crois ?

Elle était pétrifiée, mais pas par la peur. Ou pas seulement. Elle bouillait de rage.

— Miles n'a rien à voir avec toi.

— Tu dois en être persuadée, en effet…

Une nuance différente colorait sa voix. Plus dure. Accusatrice.

— … Puisque tu préfères l'élever dans la misère, le privant ainsi des privilèges qui lui sont dus en tant que fils unique d'un prince de Khalia.

— Je ne sais pas qui est son père et je m'en fiche, riposta Shona, les mâchoires serrées. La seule chose qui m'importe, c'est qu'il soit *mon* fils.

— Laisse-moi t'expliquer ce qui se passe lorsqu'un prince devient roi, Shona.

Sa voix avait encore changé, se faisant plus douce et plus menaçante à la fois.

— Inutile de me présenter tes condoléances comme

tu allais le faire, je n'en doute pas. Ni mon père ni mon frère ne sont décédés. Ils ont abdiqué, l'un après l'autre.

Elle refusa de comprendre ce qu'il disait, ce que ces paroles impliquaient. Parce qu'alors…

— Naturellement, les passations de pouvoir ne sont jamais sans risques, continua Malak. Surtout lorsque le nouveau roi n'avait pas été prévu pour ce rôle. En cas d'imprévu, les conseillers du palais s'arrachent les cheveux et demandent grâce. Puis ils acceptent la chose, ils fouillent le passé du… Comment dire…

— Du séducteur invétéré ?

Un sourire amusé se dessina sur les lèvres de Malak.

— Je n'ai pas souvenir que cela t'ait dérangée autrefois, Shona.

Quand elle le foudroya du regard, il se contenta de hausser les épaules. De toute façon, elle ne pouvait le contredire.

— Les enquêteurs du palais ont eu de quoi faire, les pauvres, enchaîna-t-il. Mais ils ont réussi à retrouver *toutes* les femmes que j'avais connues.

— J'aurais cru cela impossible, répliqua Shona d'un ton franchement ironique. Il doit y en avoir tellement…

Malak inclina légèrement la tête, mais sans détacher un seul instant le regard du sien.

— Ils ont fouillé de fond en comble la vie de chacune de celles qui ont eu la chance de m'avoir pour amant, de façon à s'assurer qu'elle n'était entachée d'aucune souillure susceptible d'embarrasser le royaume. Et parmi ces innombrables maîtresses, Shona, toi seule gardais un secret capable de bouleverser tout le palais du jour au lendemain.

— Tu te trompes, déclara-t-elle en resserrant les bras autour de sa poitrine à s'en faire mal. Miles et moi n'avons aucun lien avec toi.

— J'admire ton indépendance, dit-il lentement. Vraiment. Mais je crains que nous n'ayons pas le choix. Ou plutôt, que celui qui s'impose ne te déplaise. Ce petit garçon est de moi. Ce qui fait de lui l'héritier au trône de Khalia. Et par conséquent, il ne peut rester ici.

Le cœur de Shona manqua un battement. Le cauchemar qui la hantait depuis la naissance de Miles se matérialisait. Cette fois, hélas, Malak ne pouvait être effacé comme le souvenir d'un mauvais rêve. Il se tenait bien là, devant elle.

— Il faut que tu comprennes une chose, commença-t-elle en interdisant à sa voix de trembler. Tu ne toucheras pas à mon fils, et si jamais tu t'y aventures, ce ne sont pas six gardes armés jusqu'aux dents qui pourront venir à ton secours. Rien ni personne ne pourra rien pour toi.

À sa grande stupeur, Malak renversa la tête en arrière et éclata de rire, avec ce mélange de décontraction et de sensualité qui l'avaient tant charmée, cinq ans plus tôt. Son rire n'avait pas changé du tout. Il avait conservé la même onctuosité, la même suavité pour se propager en elle comme une coulée de miel chaud et doux…

Shona s'était répété que ce soir-là, elle avait été ivre. Elle s'était dit qu'elle avait imaginé l'attirance irrésistible ressentie en s'approchant de lui. Comment aurait-il pu en être autrement puisque depuis, elle n'avait jamais plus éprouvé la même chose, avec aucun homme ?

Mais elle n'avait rien imaginé. Malak était le seul à pouvoir lui faire ressentir ces sensations délicieusement troublantes.

Même accompagné de gardes du corps armés, menaçant son enfant et sa vie, cet homme somptueux la faisait vibrer, palpiter. Tout entière.

Était-elle malade ? Folle ?

Lorsqu'il cessa de rire et croisa de nouveau son regard, les beaux yeux verts étincelants, Shona cessa de respirer.

— Il y a une certaine liberté à n'avoir pas le choix, dit-il, presque avec tristesse. Tout ira bien, tu verras, Shona.

— Je ne verrai rien du tout, rétorqua-t-elle farouchement. Tu vas faire demi-tour et retourner d'où tu viens. Maintenant.

— J'aimerais bien, soupira-t-il. Mais c'est impossible.

— Tu ne peux pas…

— Miles est le fils du roi de Khalia, l'interrompit-il, implacable.

À présent, il la toisait, d'un air altier. Royal. Elle avait affaire à un homme puissant et dangereux, qui n'hésiterait pas à faire usage de son pouvoir pour obtenir ce qu'il désirait.

— Ce qui fait de toi ma reine, enchaîna-t-il sur le même ton péremptoire.

2.

Malak était sur le point d'exploser. De rage. Le pire, c'est qu'il était seul responsable de la situation dans laquelle il se trouvait aujourd'hui. Personne ne lui avait demandé de mener une existence dissolue et tournée uniquement vers la satisfaction de ses désirs.

Mais le fait de le savoir ne diminuait en rien sa fureur. Au contraire.

Lorsque les conseillers du palais avaient étalé les photos devant lui, il n'y avait pas cru. Il avait déjà assez de problèmes à gérer, suite à l'abdication de son frère aîné, laquelle avait suivi de peu celle de leur père. Après avoir été ignoré toute sa vie — ce qui l'avait bien servi, finalement —, il allait devenir roi de Khalia.

Or il n'avait jamais désiré monter sur le trône. Qui aurait pu *désirer* porter pareil fardeau ? Sa vie de playboy, faite d'excès, le satisfaisait pleinement. Mais Zufar avait trouvé le bonheur, ce que Malak n'aurait jamais cru possible. Et comme il aimait son frère et son pays, la décision avait été facile à prendre. Évidente, même.

Tout le reste était bien plus complexe. L'initiation à son nouveau rôle l'avait exposé à l'épreuve qu'il redoutait le plus : l'examen en règle de son existence passée. Tous ses exploits avaient été mis au jour, un par un, jusqu'à ce que Malak se retrouve envahi par un profond dégoût de lui-même.

La honte n'avait jamais été sa spécialité, mais face à autant de photographies, de dossiers relatant ses turpitudes et ses excès en tout genre, il était difficile de ne pas y céder. D'autant plus que la plupart de ces femmes n'évoquaient pour lui que des souvenirs flous et vaguement agréables.

Une seule ressortait du lot. Shona. Il se la rappelait avec une précision sidérante. Comment aurait-il pu en être autrement ? De toutes les créatures superbes qu'il avait eu le privilège d'approcher de près, elle étincelait comme un pur diamant au milieu de vulgaires imitations. Il l'avait rencontrée le dernier soir d'un séjour à La Nouvelle-Orléans, après une semaine d'aventures nocturnes plus ou moins honorables. Descendu boire un verre au bar de son hôtel de luxe pour se préparer à rentrer à Khalia, il avait aperçu cette toute jeune femme exquise, à la peau mate et satinée, et dotée d'une bouche qu'il avait eu envie de goûter au premier coup d'œil. Ses cheveux magnifiques formaient un halo de boucles brunes autour de son visage, une sorte de brume vaporeuse dans laquelle il brûlait de glisser les doigts. Quant à la petite robe moulante en lamé doré chatoyant au moindre de ses mouvements gracieux, elle en disait long sur les courbes minces qu'elle dissimulait.

Malak n'était qu'un homme. Et pas des plus reluisants, à en croire les membres de sa famille — quand l'un ou l'autre daignait faire attention à lui et à ses frasques s'étalant dans la presse à sensation.

Par conséquent, lorsque la ravissante inconnue s'était avancée vers lui dans une délicieuse ondulation des hanches, avant de s'asseoir sur le seul tabouret vacant, juste à côté du sien, il n'avait pas failli à sa réputation et lui avait souri. Elle lui avait alors souri en retour avec une telle innocence, une telle fraîcheur, qu'il en avait été suffoqué.

Ç'avait été une révélation.

— C'est la première fois que je viens ici, avait-elle dit en se penchant vers lui comme pour lui confier un secret. J'ai eu vingt et un ans aujourd'hui et j'ai décidé de fêter ça en beauté.

— Et vous avez choisi le bar de cet hôtel tranquille pour célébrer l'événement ? Il doit pourtant y avoir des endroits plus excitants à La Nouvelle-Orléans, non ?

Son sourire avait illuminé tout son beau visage ovale.

— Quand j'étais petite, je passais tout le temps devant cet hôtel et je rêvais d'y entrer un jour. Alors, j'ai pensé que c'était l'occasion idéale.

Malak avait tout de suite senti cette alchimie frémir entre eux, il avait vu le reflet de son propre trouble dans les yeux de cette adorable inconnue. Aussi lui avait-il offert un premier verre, avant de la débarrasser de son innocence peu après, dans sa suite avec terrasse du dernier étage.

Cinq ans après, il se rappelait encore l'émerveillement, la joie pure irradiant de Shona, tandis qu'elle jouissait entre ses bras. Il s'en souvenait comme si l'étreinte avait eu lieu la veille. Il lui suffirait sans doute de se concentrer pour se rappeler le goût de sa peau, de sa bouche, de son sexe.

Au moment où le plaisir les emportait, il était loin de se douter que leur fabuleuse entente charnelle aurait de telles conséquences.

Sur les photos, elle était aussi ravissante qu'autrefois, qu'elle soit en tenue de travail — l'uniforme de serveuse qu'elle portait maintenant — ou vêtue de l'une de ces longues robes à fleurs qu'elle semblait affectionner, en tissu léger ondulant autour de ses courbes affolantes dont il sentait presque le relief sous ses mains.

Cependant, aux yeux des conseillers, cette femme ne représentait qu'un nom sur une interminable liste. Non seulement ils ne comptaient plus ses conquêtes, mais ils étaient blasés, à force. En matière de turpitudes, rien ne semblait plus les étonner venant de la part de celui qu'ils avaient du mal à considérer comme leur futur souverain.

Ce qui les intéressait, en revanche, c'était l'enfant.

Le petit garçon de quatre ans qui non seulement ressemblait de façon stupéfiante à Malak, mais qui avait quelque chose de chacun des membres de sa famille. Et si un doute avait subsisté sur l'identité du géniteur de l'enfant, la teinte de ses yeux l'aurait vite chassé. C'était la même nuance rare que ceux de Malak, qu'il avait héritée lui-même de son arrière-grand-mère.

Il n'avait certes jamais nourri l'ambition ou le désir de régner, ni d'assumer aucune charge liée à la Couronne. Mais il n'en était pas moins prince de Khalia. Du sang royal coulait dans ses veines, en dépit de l'attitude distante de son père à son égard, due à l'obsession de regagner l'amour de son épouse, la reine Namani, laquelle les avait tous négligés, mari et enfants.

La mère de Malak avait préféré accorder toutes ses affections à un étranger avec lequel elle avait entretenu une liaison adultère dont elle avait eu un enfant. Ayant été contrainte de l'abandonner dès sa naissance, elle avait reporté tout son amour sur ce fils perdu dont tous ignoraient l'existence — hormis le roi Tariq, son époux et le père de Malak —, jusqu'à ce que celui-ci resurgisse de nulle part peu après le décès de la reine Namani survenu quelques mois plus tôt.

Accablé par le chagrin, le roi Tariq avait abdiqué, obligeant Zufar, son fils aîné, à le remplacer sur le trône. Avant que ce dernier ne tombe amoureux de sa femme et ne la suive dans son pays, laissant le pouvoir entre les mains de son cadet.

Et maintenant que Malak avait accepté de prendre la relève, il entendait bien être à la hauteur et ne pas suivre l'exemple de son père et de son frère. L'amour ne l'avait jamais intéressé. Dès son plus jeune âge, il en avait vu le pouvoir destructeur, il avait souffert des conséquences de ce qu'il considérait comme une maladie dangereuse, qui avait peu ou prou détruit tous les membres de sa famille.

Aussi se concentrait-il sur sa tâche, faisant fi de la

surveillance constante dont il était l'objet. De toute évidence, personne ne faisait confiance à l'ancien prince play-boy. Indifférent aux regards hostiles et méfiants, il travaillait sans relâche, se mettant au courant des affaires de l'État pour se faire sa propre opinion, sans pour autant ignorer les remarques avisées des conseillers, ministres et autres collaborateurs œuvrant à ses côtés.

Mais lorsqu'il avait découvert qu'il avait un fils, Malak n'avait pas eu besoin qu'on lui explique ce que cela impliquait. Même si ses conseillers ne s'étaient pas privés de lui faire la leçon. Comme s'ils s'attendaient à le voir tirer un trait sur l'affaire et oublier qu'il avait un enfant à l'autre bout du monde…

Malak connaissait son devoir. Et il en voulait terriblement à Shona de lui avoir caché l'existence de son fils. Lors de cette nuit fabuleuse, il ne lui avait pas révélé son identité, certes, mais par la faute de la jeune femme, il avait été exclu des premières années de la vie de son enfant.

Désormais, il lui fallait rectifier la situation déplorable dans laquelle il se trouvait.

Le mariage était son unique option — que cette perspective lui plaise ou non. Il n'avait pas le choix.

Shona était toujours aussi ravissante, aussi exquise. Sa beauté n'avait fait que s'affirmer, et il suffisait à Malak de repenser à l'abandon dont elle avait fait preuve dans ses bras pour sentir sa libido réagir aussitôt. Mais il n'avait aucune envie d'épouser une femme qu'il connaissait à peine. À vrai dire, il ne désirait épouser *aucune* femme, et surtout pas par obligation, à cause d'une erreur colossale commise cinq ans plus tôt.

Cependant, il appréciait encore moins l'horreur que Shona semblait de son côté éprouver à la perspective de l'épouser.

— Ta reine ? fit-elle, le menton haut. Tu plaisantes ?

Les bras croisés, elle le dévisageait d'un air outragé

comme s'il lui avait demandé d'aller se prostituer dans la rue. Ou comme si elle avait affaire à un détraqué, un fou.

Malak la regarda en silence en s'efforçant de dominer la fureur qui couvait en lui.

— Je plaisante rarement, ces temps-ci, répliqua-t-il lentement. Tu t'en rendras vite compte.

— Je me fiche de tes états d'âme, riposta-t-elle d'un ton vif. J'aimerais que tu t'en ailles, sinon j'appelle la police. Et crois-moi, je ne plaisante pas non plus en disant cela.

Joignant le geste à la parole, elle sortit un téléphone portable de la poche de son tablier. Non, elle ne plaisantait pas. S'il existait une seule femme capable d'appeler la police pour le faire évacuer, c'était Shona.

Sa détermination et son audace lui plaisaient. À condition d'être canalisées dans la bonne direction. Elle le menaçait, sans paraître intimidée par la présence de six hommes armés prêts à mourir pour le protéger. Et cela aussi plaisait à Malak.

En revanche, il ne comprenait pas comment elle pouvait préférer s'échiner à gagner une misère dans un restaurant plus que modeste, plutôt que de tout quitter pour épouser le roi de Khalia.

Elle paraissait même franchement *dégoûtée* par sa proposition.

— Je t'en prie, appelle donc tes fameux policiers, si tu penses qu'ils vont t'aider, dit-il d'une voix vibrant de rage contenue. Je suis sûr qu'ils seront ravis de découvrir ce qu'est l'immunité diplomatique, et enchantés de perdre leur temps en discussions stériles avec toi. Mais je te préviens, Shona, cela ne changera rien au caractère inéluctable de notre situation. Alors, il serait peut-être temps que tu l'acceptes.

Elle fit un geste si crûment évocateur que les six gardes frémirent d'indignation, prêts à intervenir. Mais ils ne bougeraient pas avant d'en avoir reçu l'ordre.

— Je te conseille de te rappeler que je suis roi, ne

t'en déplaise, dit-il à Shona d'une voix suave. Avec le temps, je finirai peut-être par apprécier ta… vivacité, mais mes hommes n'auront pas la même patience.

À ces mots, elle laissa échapper un rire bref, presque aussi offensant que sa suggestion gestuelle.

— Parce que tu crois que je me soucie de l'opinion de tes chaperons, peut-être ?

Malak réprima la réponse cinglante qui lui venait aux lèvres. Il aurait pu l'emmener de force, mais il ne tenait pas à causer de scandale. Désormais, il n'était plus le prince play-boy réputé pour ses frasques en tout genre mais le futur roi de Khalia, aussi ne pouvait-il se permettre ce genre de fantaisie. Par ailleurs, il savait comment gérer le manque de respect à son égard. Il songeait même à plusieurs moyens très efficaces et très agréables de remédier à la chose. Rien que d'y penser, il se sentait… excité. Là, dans ce restaurant banal, lui qui avait toujours préféré des cadres plus raffinés.

Pas question d'enlever la mère et l'enfant, *son fils*. S'il y était obligé, il serait bien forcé de recourir à la force, mais cela ne ferait qu'exacerber l'animosité de Shona envers lui. Or s'il voulait former un couple harmonieux avec elle, il devait la ménager, l'amadouer. Et pour cela, mettre au point une stratégie susceptible d'amener la farouche rebelle à capituler de son plein gré.

En outre, l'harmonie entre lui et Shona était indispensable pour créer une relation avec le petit garçon qu'il ne connaissait pas encore. Malak avait trop souffert de la négligence de ses parents vis-à-vis de lui pour prendre le risque de faire subir le même sort à son propre fils. Même s'il n'avait appris son existence qu'une semaine auparavant.

En fait, il n'arrivait pas encore à réaliser qu'il avait un enfant. Qu'il était père.

— Je vais t'attendre à l'extérieur, dit-il, magnanime.

Pour tout remerciement, il eut droit à un froncement

de sourcils belliqueux. Il *voyait* les pensées tourner dans la tête de Shona.

— Mes hommes sont postés à chaque sortie — comme tu as dû déjà le constater par toi-même. Alors tu n'as aucune chance de t'enfuir. La seule chose à faire est de te demander si tu veux que je soudoie ton patron pour qu'il te licencie. Parce que je peux le faire. Sans problème. D'autant que cela m'arrangerait d'accélérer le processus.

— Bien sûr, tu me menaces de me priver de mon gagne-pain ! répliqua-t-elle avec une moue méprisante qui déplut elle aussi à Malak. Après tout, qu'est-ce que cela représente pour toi, un emploi ? Tu n'as jamais eu à travailler de ta vie. Et lorsque tu dînes dans tes restaurants ultra-chic, tu crois sans doute que les plats arrivent sur la table par magie !

Inutile de se fendre d'une réponse. Tournant les talons, Malak quitta les lieux et constata que la nuit commençait à tomber, la chaleur étouffante s'atténuant peu à peu.

Là, dans l'anonymat de la rue baignée par la lumière du crépuscule, il eut moins de mal à contrôler ses réactions. Personnellement, cela ne l'aurait pas dérangé de déclencher un incident aux retombées internationales, du moment que cela lui permettait d'arriver plus rapidement à ses fins. Mais le peuple de Khalia avait déjà connu assez de bouleversements au cours des mois derniers, et sans doute était-il plus sage d'attendre que Shona vienne le rejoindre.

Il attendit, en effet. Longtemps. Car elle travailla jusqu'à la fin de son service, évidemment. Et durant ses pauses, elle vérifia que chaque sortie était effectivement gardée, comme le lui rapportèrent ses agents.

Encore un peu, Malak aurait admiré son obstination et sa capacité de résistance.

Quand elle sortit enfin du restaurant et constata qu'il avait tenu bon et l'avait attendue, elle redressa le menton de son habituel air rebelle et le toisa avec hauteur.

— Je ne sais pas ce que tu espères, commença-t-elle d'un ton agressif. Mais ne…

— Je t'ai déjà dit ce que je *voulais*, l'interrompit-il avec calme.

Malak s'appuya contre la portière de la Range Rover réservée pour lui à l'aéroport privé où son jet avait atterri. Des gens passaient devant lui en bavardant et riant, attirés par la musique montant à chaque coin de rue ; leurs rires résonnaient dans l'atmosphère chaude typique de La Nouvelle-Orléans.

Au milieu de cette ambiance animée, lui et Shona se faisaient face, l'air aussi peu aimable l'un que l'autre.

Elle lui plaisait toujours autant, il devait bien le reconnaître. Ce qui lui déplaisait, en revanche, c'était de constater que son charme n'opérait plus sur elle comme autrefois.

Plaire ou déplaire, il avait l'habitude. En revanche, cette… haine lui était totalement étrangère.

— Je ne serai pas ta reine, dit-elle lentement. Je vais te laisser voir Miles parce que tu es son père, je n'y peux rien. Et puis, il mérite de te connaître, je suppose.

— Tu le *supposes*, ne put-il s'empêcher de relever en sentant son contrôle lui échapper.

— Pour moi, tu n'es qu'un homme rencontré dans un bar, continua-t-elle sans se troubler.

Pourquoi ces paroles lui faisaient-elles l'effet d'un coup de poing en pleine poitrine ?

— Je ne veux rien de toi, Malak. Je n'ai jamais rien voulu. Je ne m'attendais pas à te revoir un jour.

— Je l'avais compris.

La méfiance emplissait le regard noisette, le moindre de ses gestes, mais ce n'était pas ce qui dérangeait Malak. C'était l'étincelle qui avait fusé entre eux dans ce bar, cinq ans plus tôt. Car le même feu le consumait, comme autrefois, et il n'aimait pas du tout cela. Désirer Shona ne ferait que compliquer la situation.

— Mais je suis revenu, reprit-il. Et je ne comprends

pas que tu puisses préférer imposer une existence pénible à ton fils plutôt que de m'impliquer dans sa vie.

Le rire qui franchit la belle bouche sensuelle l'atteignit encore.

— Pénible ? Toi, tu me parles d'existence *pénible* ? Comme si tu savais ce que c'est !

— Je peux lui offrir une vie dont tu ne soupçonnes même pas le luxe et le confort. Quelle mère voudrait priver son fils de tels privilèges ?

— Mon fils ne manque de rien, déclara-t-elle tranquillement. Il est heureux. C'est un petit garçon adorable.

— Et en quoi profites-tu de lui si tu dois le faire garder par d'autres ? répliqua Malak. Pendant que tu t'épuises à travailler pour un salaire de misère et des pourboires ridicules ?

— De toute évidence, gagner honnêtement sa vie est au-dessous de toi.

— S'agit-il d'honnêteté, Shona ? Ou de ta fichue obstination ?

Elle roula des yeux, attitude à laquelle Malak n'avait encore jamais eu droit. De la part de quiconque.

— Parfois, lorsqu'un homme couche avec une femme, un enfant est conçu, figure-toi, répliqua-t-elle en guise de réponse.

De ce même ton qu'elle aurait employé avec un abruti.

— Je suis surprise qu'un play-boy comme toi l'ignore.

— J'avais utilisé un préservatif.

Il prenait *toujours* ses précautions.

— Eh bien, ce moyen de contraception n'est pas fiable à cent pour cent, manifestement. Et depuis, j'en assume les conséquences, toute seule. Mais maintenant que tu réapparais dans ma vie avec tes histoires de trône et de roi, je devrais tout laisser tomber, c'est ça ? Et te remercier d'avoir découvert notre existence, en plus ? Non, merci.

Le ton était méprisant, mais le sens de ses paroles on ne peut plus vrai.

Cinq ans plus tôt, il était parti sans un regard en arrière. Il se souvenait de Shona et de son innocence délectable, mais sans les abdications successives de son père et de son frère, il ne serait jamais retourné à La Nouvelle-Orléans et n'aurait jamais cherché à la revoir.

Cependant, il ne pouvait le lui dire. Parce qu'il n'aimait pas ce que cela révélait de lui-même. Ironie du sort. Après avoir passé sa vie à céder à tous ses instincts sans le moindre état d'âme, il considérait maintenant ces excès avec une sorte de dégoût. Son regard avait-il changé à cause de son accession au trône ?

Ou à cause de la façon dont Shona le regardait, comme si ce qu'elle voyait ne provoquait en elle que répulsion ?

— Tu aurais pu prendre contact avec moi lorsque tu as découvert que tu étais enceinte, dit-il d'une voix crispée.

Le regard dont elle le gratifia n'était pas vraiment amical. Mais finalement, Malak préférait encore être haï plutôt que réduit à « un homme rencontré dans un bar ». Peut-être était-ce la leçon à tirer de cette expérience : il pouvait tout supporter sauf être traité comme un quidam.

— Et comment aurais-je pu m'y prendre, d'après toi ? demanda-t-elle froidement. Tu ne m'avais même pas précisé ton nom de famille. Tu ne m'avais pas non plus laissé ton numéro de téléphone. J'ai découvert qui tu étais par hasard.

— Tu veux dire ce soir ?

— Non, je t'ai vu en photo dans un magazine environ six mois plus tard, répondit-elle en secouant la tête. Et je t'arrête tout de suite : non, je n'ai pas été tentée de joindre le prince play-boy s'affichant en compagnie de mannequins et de stars ou d'aller le retrouver dans un pays dont je n'avais jamais entendu parler jusque-là. Pourquoi l'aurais-je fait ?

Malak se redressa et s'écarta de la Range Rover. Trop d'émotions se bousculaient en lui, l'empêchant d'y voir clair. Il choisit de se concentrer sur la rage, la moins dangereuse.

— Si tu savais qui j'étais, tu n'as aucune excuse.

— Il s'agissait d'une aventure d'une nuit, répliqua-t-elle avec ce satané calme. Et d'après ce que j'avais compris, tu avais vécu la même chose tous les soirs de ta semaine passée à La Nouvelle-Orléans. Dans ces conditions, pourquoi te serais-tu souvenu de moi ?

Pourquoi, en effet ? Et pourquoi refusait-il soudain de se poser la question ? Ou d'y répondre.

Dans l'immédiat, mieux valait éluder.

— Les enquêteurs du palais t'ont retrouvée. Ils m'ont rappelé, au cas où je l'aurais oublié, que je séjournais à La Nouvelle-Orléans neuf mois exactement avant que tu n'accouches d'un petit garçon qui me ressemble de façon troublante. Par ailleurs, même si j'avais voulu croire à une coïncidence, notamment parce que je n'ai jamais eu de rapports sexuels non protégés, mes conseillers, eux, n'y auraient pas cru.

Il s'interrompit un bref instant et se réjouit de voir un léger tremblement agiter les lèvres de Shona.

— Il a été plus simple que je ne l'aurais imaginé d'obtenir un échantillon de l'ADN de l'enfant pour prouver ce qui crevait déjà les yeux. Mais je suppose que tu ne désires pas de précisions supplémentaires sur la façon dont mes agents ont…

Une lueur de défi traversa les yeux noisette.

— Je croyais que tu étais leur roi. Ta parole ne leur a pas suffi ?

Malak ne voulait pas de cette acrimonie. Ayant été témoin de l'échec du mariage de ses parents, il n'avait jamais eu une haute opinion de l'union conjugale. Et il n'avait certes jamais envisagé de se lier avec une inconnue rencontrée un soir dans un bar, des années auparavant. Même s'ils avaient partagé des moments fabuleux. Mais dès l'instant où Zufar avait abdiqué, Malak s'était vu proposer des noms par ses conseillers, une liste interminable de candidates au pedigree approprié : la princesse Amara de Bharatia, Lady Susannah… Noms et titres se confondaient dans son esprit, tandis que les conseillers lui répétaient qu'il devait perpétuer la lignée et commencer à songer à ses héritiers.

Jusqu'à ce que l'on découvre qu'il en avait déjà un.

— Je comprends ta réticence, dit-il, plus sèchement qu'il ne l'aurait voulu. Mais je me suis déplacé par pure courtoisie, trouvant plus délicat d'aller vous chercher moi-même plutôt que d'envoyer mes hommes.

— Tu veux dire nous récupérer, c'est ça ? Nous ne sommes pas des paquets, Malak.

Il serra les poings.

— Ma patience a des limites, Shona, répliqua-t-il doucement. Je suis conscient de ma part de responsabilité dans cette affaire, mais il n'en résulte pas moins qu'il soit inconcevable que mon fils et héritier soit élevé loin de moi. Les rois de Khalia grandissent au palais et suivent l'enseignement de professeurs particuliers qui les préparent à leur futur rôle. Il en est ainsi depuis des siècles et j'entends bien perpétuer la tradition.

— Mon fils n'est pas roi, rétorqua Shona d'une voix assurée.

— Non, il est prince. Le prince héritier de Khalia. Il ne me reste plus qu'à légitimer sa naissance. Quant à toi, tu devras m'épouser, que cela te plaise ou non.

Une sorte de rire étranglé jaillit des lèvres de Shona.

— Je n'ai pas l'intention de t'épouser. Et si tu crois que je vais remettre mon fils entre tes mains pour que tu le fasses élever par je ne sais qui, tu te fais de grosses illusions !

— Cela t'arrangerait bien, je n'en doute pas. Mais je ne me suis jamais fait d'illusions, je t'assure.

— C'est aussi la tradition d'épouser une parfaite inconnue, à Khalia ? Les princes se livrent aux mésalliances depuis des siècles ?

— Dans ma famille, la plupart des mariages ont été arrangés.

Ce n'était ni le moment ni le lieu de disserter sur la

question. Encore moins d'évoquer le mariage de ses parents.

— Nous sommes tous membres de la royauté, poursuivit Malak. Mon frère a été élevé en prince héritier et fiancé très tôt.

Mieux valait ne pas développer ce point non plus. Ni préciser à Shona que finalement, Zufar n'avait pas épousé sa promise. Parce que le demi-frère dont ils avaient ignoré l'existence, Adir, avait resurgi de nulle part à l'occasion des funérailles de la reine Namani, avant de revenir enlever Amira, la fiancée de Zufar, le matin même de leur mariage.

— Épouser une étrangère ne présente aucun obstacle pour moi, dit-il plutôt.

— Pour moi, épouser un étranger serait complètement absurde, rétorqua-t-elle aussi sec.

— Tu peux te battre contre moi autant que tu voudras, mais à la fin, tu perdras la bataille, Shona. Parce que quoi qu'il arrive, je repartirai à Khalia avec mon fils.

Malak se tut, la laissant digérer ses paroles. Il vit les seins ronds se soulever, à un rythme beaucoup trop rapide.

— Tu peux aussi rester en retrait, si tu préfères. Mais je ne tolérerai ni agitation ni scandale. Le royaume n'y survivrait pas. Alors, réfléchis bien : es-tu prête à abandonner ton enfant ? À renoncer à tous tes droits et à tirer un trait définitif sur lui ?

— Plutôt mourir, riposta-t-elle, les mâchoires serrées.

Au prix d'un suprême effort, il réussit à sourire.

— Dans ce cas, ta seule option est de nous accompagner à Khalia et de prendre ta place à mes côtés, en tant que ma reine.

— Plutôt…

— Attention, coupa Malak d'une voix aussi douce que menaçante. C'est un grand honneur que je t'offre, même si tu ne vois pas les choses de cette façon. Par conséquent, si tu tiens vraiment à m'offenser, prépare-toi à en assumer les conséquences.

— Je ne t'épouserai pas, Malak.

— Tu deviendras ma femme et ma reine, répliqua-t-il, péremptoire. Sinon, tu seras séparée à tout jamais de ton fils, légalement et impitoyablement. Fais-moi confiance : mes avocats sauront s'assurer de ton silence.

— Tu ne peux pas me forcer à partir avec toi et à t'épouser, protesta-t-elle d'un ton scandalisé. Tu ne peux m'obliger à *rien* du tout !

De toute évidence, elle ne pouvait concevoir le contraire. À moins qu'elle ne s'imagine que si elle appelait à l'aide, les passants voleraient aussitôt à son secours.

Malak sourit, franchement, cette fois. Non seulement la naïveté de Shona l'amusait, mais sa patience avait *vraiment* atteint ses limites.

3.

Lorsqu'ils atterrirent à Khalia le lendemain matin, Shona n'arrivait toujours pas à comprendre comment elle avait pu accepter de suivre Malak.

La veille, leur échange surréaliste s'était terminé net quand il avait déclaré que pour lui, la discussion était close. Avant d'annoncer qu'il allait maintenant chercher son fils chez Ursula — parce que, bien entendu, il savait que Miles était là-bas.

À chaque fois qu'il disait « mon fils », Shona avait envie de hurler, ou de casser quelque chose. Ou plutôt, de se jeter sur lui et de le frapper de toutes ses forces.

En outre, le fait que Miles soit en effet *aussi* le fils de Malak décuplait encore sa rage.

— Tu es libre de participer à notre première rencontre ou non, avait-il poursuivi de son insupportable ton autocratique.

Le laisser seul avec Miles ? Pas question ! Par conséquent, Shona était montée dans la Range Rover, tout en se maudissant de céder à ce qui n'était rien d'autre que du chantage.

Une fois installée à l'arrière avec Malak, elle brûlait toujours de se jeter sur lui mais jugea plus prudent de s'en abstenir. Pas à cause des hommes armés qui la surveillaient de leur regard froid, mais parce que si elle posait les mains sur ce corps musclé et viril, elle ne savait pas ce qu'elle ferait, et craignait fort que ses coups ne se transforment malgré elle en caresses.

Raison de plus pour se maudire.

Quand le véhicule s'était arrêté un peu plus tard devant l'immeuble où habitait son amie, Shona avait capitulé. Le moment tant redouté était arrivé, il fallait bien qu'elle l'admette. Et maintenant, elle allait devoir annoncer à son petit garçon que son père était là.

Après lui avoir toujours dit qu'il n'en avait pas.

— Je vais chercher Miles, avait-elle annoncé à la hâte.

Parce que soudain, elle ne supportait pas l'idée de laisser Malak diriger cette entrevue. Il fallait qu'elle reprenne la situation en main.

— Ne me pousse pas à bout, Shona, avait-il alors répliqué avec un calme presque effrayant. Si tu me contrains à devoir partir à la recherche de mon fils avant même d'avoir pu faire sa connaissance, je ne te le pardonnerai jamais.

— Peut-être que je me fiche de ton pardon, avait-elle riposté, incapable de lâcher prise.

Peut-être était-elle anormale, comme on le lui avait répété plus d'une fois dans les familles où elle avait grandi.

« Tu seras toujours seule, Shona. Ton comportement éloignera tout le monde. Personne ne s'attachera à toi. »

Au lieu de s'en affliger, d'être choquée qu'on la considère comme un monstre, Shona en avait fait sa fierté et sa force.

— Je te crois volontiers, avait acquiescé Malak avec le même calme inquiétant. Mais demande-toi si tu souhaites que ton fils subisse lui aussi les conséquences de ta légèreté, pour ne pas dire ton irresponsabilité.

Il avait touché juste, évidemment. D'un côté, elle ne désirait qu'une chose : aller chercher Miles et ficher le camp avec lui. Peu importait comment se terminerait la fuite, le but de l'opération était de prouver à Malak qu'il ne pouvait pas réapparaître comme ça et lui donner des ordres, encore moins énoncer des diktats, sous prétexte que dans son pays, tout le monde lui obéissait au doigt et à l'œil.

Mais comment expliquer un départ précipité à un petit garçon de quatre ans ?

Shona avait grimpé l'escalier à la hâte, le cœur serré. Comme elle aurait voulu pouvoir se convaincre qu'elle n'était pas seule. Qu'Ursula et elle étaient vraiment amies. Que sa vie ne se résumait pas à son boulot de serveuse et à la solitude, qui lui collait à la peau depuis sa naissance.

Mais Ursula, installée sur son vieux canapé recouvert de velours râpé, une cigarette à la main et le regard rivé à l'écran de télévision, avait à peine levé les yeux vers elle, se contentant d'un vague signe de la main en guise de salut. Shona avait soulevé un Miles endormi dans ses bras. Un petit soupir avait franchi les lèvres de son fils, puis il avait enfoui le visage dans le creux de son épaule.

Ursula ne la regretterait pas une seule seconde. Et elle trouverait vite un autre gosse à garder, c'était certain.

Le cœur lourd, Shona était redescendue au rez-de-chaussée, avait traversé le hall, puis était ressortie de l'immeuble. Malak l'attendait à côté du véhicule, sans doute prêt à s'élancer lui-même à sa poursuite si elle s'avisait de s'enfuir. Quitte à passer La Nouvelle-Orléans au peigne fin.

— Il dort, avait-elle murmuré en le rejoignant.

Au lieu de lui donner un nouvel ordre, celui de réveiller *son fils* séance tenante, par exemple, il s'était contenté de les regarder, elle et l'enfant qu'elle serrait contre sa poitrine. Il était resté ainsi un long moment, l'air… fasciné.

— Il se réveillera peut-être quand nous arriverons à la maison, avait dit Shona, comme pour rassurer Malak.

Certes, elle aurait fait n'importe quoi pour qu'il s'en aille et retourne dans son royaume de conte de fées. Mais il était le père de Miles, elle devait s'en souvenir. C'était la seule raison qui l'obligeait à obtempérer à ses exigences.

— Nous n'avons pas besoin de passer chez toi, avait-il

répliqué, sortant de son silence. Mes hommes ont déjà emporté vos effets personnels.

Ah… Autrement dit, elle n'avait même pas la possibilité de choisir ce qu'*elle* souhaitait emporter pour elle et Miles. Malak était revenu et, comme elle l'avait toujours redouté, il avait pris le contrôle de tout, d'elle, de Miles, de leur vie.

L'homme rencontré le soir de son vingt et unième anniversaire avait été charmant, mais déjà à ce moment-là, elle avait perçu une détermination à toute épreuve sous la nonchalance et la sensualité toutes viriles.

Néanmoins, au moment de remonter à bord de la Range Rover, Malak ne lui avait pas demandé de lui confier Miles comme Shona l'avait craint. Ni lorsqu'ils étaient arrivés à l'aéroport où les attendait un jet privé dont la blancheur étincelante se détachait sur le ciel bleu nuit.

À la vue de l'emblème de la maison royale de Khalia bleu et or ressortant sur le flanc de l'appareil, Shona avait soudain eu la conviction que Malak était… Pas un homme bon, non, mais un individu moins dangereux, moins mauvais qu'elle ne l'avait imaginé durant toutes ces années lorsque, incapable de trouver le sommeil, elle échafaudait un scénario similaire à celui qu'elle était en train de vivre.

Tu es vraiment pathétique, ma pauvre Shona, s'était-elle dit en montant à bord du jet. Sans que cela ne lui soit d'aucun secours. Ni ne change quoi que ce soit à la situation.

Une fois installée dans un fauteuil de cuir gris tourterelle ultra-confortable, entourée d'un luxe qui lui rappelait un peu trop celui de la suite avec terrasse où Malak l'avait emmenée autrefois — et où ils avaient conçu sans le savoir un petit être qui allait les réunir malgré eux cinq ans plus tard —, Shona s'était efforcée de se détendre. En vain. Malak l'observait en silence et, quand elle avait allongé Miles, toujours endormi, sur le lit préparé à son intention, elle avait vu une émotion intense briller dans les somptueux yeux verts. Une émotion dont la signification l'avait fait trembler intérieurement. Puis Malak s'était rapproché, tandis qu'elle le regardait faire en retenant son souffle. Mais il s'était arrêté de l'autre côté du lit, se contentant de regarder le petit garçon dormir.

Son fils, qu'il rencontrait pour la première fois.

Malak n'avait jamais manqué à Shona. De temps en temps, elle avait bien regretté que les choses se soient déroulées ainsi, mais sans éprouver aucune nostalgie par rapport à son bel amant d'une nuit. Et elle ne l'avait certes jamais imaginé avec Miles, père et fils réunis, ni ne s'était jamais égarée à rêver qu'ils se retrouvent rassemblés tous les trois, en famille.

Autre conséquence de ses différentes expériences de vie « familiale », Shona ne croyait pas aux familles heureuses. Pendant longtemps, elle ne croyait même pas à l'existence des pères. D'une part, parce qu'aucun nom ne figurait sur son certificat de naissance et que d'autre part, elle n'avait jamais rencontré un seul homme méritant cette appellation durant les années où elle était pupille de l'État.

Aussi ne savait-elle comment nommer ce qui l'avait submergée, alors qu'elle regardait Malak immobile à côté de son fils, les yeux brillant de cette émotion intense et profonde. Il s'agissait d'un maelström de sensations, trop bouleversant, trop rapide. Trop primaire.

Peut-être était-ce simplement le fait qu'ils soient réunis tous les trois. Pour la première fois.

Jamais Shona n'avait vécu ce bouleversement total et intime. Orpheline depuis toujours, elle ne s'était pas rendu compte qu'elle ressentait un tel besoin, un tel manque, au plus profond de son être.

Son univers bascula. Elle découvrait en elle un sentiment de perte infinie dont elle n'avait jamais eu conscience, en même temps qu'elle avait l'impression que ce vide venait d'être comblé. Enfin.

Constatant qu'elle avait baissé les yeux, Shona avait redressé la tête et réalisé que Malak l'observait, le regard de nouveau indéchiffrable.

À cet instant, elle avait éprouvé un autre besoin inconnu. Celui de s'excuser, sans même savoir pourquoi ni de quoi.

Elle avait senti une tension vibrer entre eux. Teintée d'émotion, peut-être. Ou de regrets. Tout ce temps perdu, toutes ces années volées au petit garçon qui dormait paisiblement entre eux.

Jusqu'à cet instant, Shona n'avait jamais compris l'importance, la puissance de la famille, des liens du sang. Mais soudain, elle se surprenait à vouloir des choses qu'elle n'avait jamais désirées.

— Malak..., avait-elle commencé, la gorge serrée.

Avant de s'arrêter aussitôt, se demandant ce qu'elle avait eu l'intention de dire.

— Nous allons décoller, avait alors lâché Malak avec froideur.

Et d'un ton accusateur.

— Je suppose que je peux aussi bien attendre d'arriver à Khalia pour faire la connaissance de mon fils, avait-il ajouté.

Le cœur battant sourdement dans sa poitrine, Shona était restée là à le regarder sortir de la luxueuse cabine.

Au fond, ce n'était pas le fait que Malak l'ait arrachée à la seule vie qu'elle ait jamais connue. Ce n'était pas non plus sa réapparition soudaine, ses ordres et ses exigences qui l'avaient maintenue éveillée à contempler le plafond lisse. C'était le souvenir de l'expression empreignant son visage, tandis qu'il contemplait Miles endormi.

Shona n'avait jamais aimé personne d'autre que son fils. Elle avait grandi ballottée de famille d'accueil en famille d'accueil, ne comptant que sur elle-même et doutant que l'amour puisse réellement exister.

Jusqu'à la naissance de Miles.

Quand il était venu au monde, elle avait senti son

univers s'ouvrir totalement. L'arrivée de son enfant avait tout changé. Shona avait eu l'impression d'avoir vécu toute sa vie entre les quatre murs d'une pièce obscure, avec les rideaux tirés sur une fenêtre murée. Et Miles avait tout fait voler en éclats, laissant pénétrer le soleil à flots.

Aussi connaissait-elle l'expression de Malak devant son fils. Elle l'avait *reconnue*. Il s'agissait du même amour infini, inconditionnel pour son enfant. Un sentiment comparable à nul autre. Qui vous pénètre dans la chair, les os. Qui imprègne le moindre de vos souffles. Une sorte de folie.

Alors, même si elle lui en voulait, elle ne pouvait haïr un homme qui ressentait cet amour entier pour son fils. Leur fils.

Un amour profond. Absolu. Immédiat.

Comment survivrait-elle à ce qui l'attendait, si elle n'avait pas la force ni la volonté de haïr Malak ? Shona n'en savait rien. Mais quand ils atterrirent à l'aéroport royal de Khalia et que Miles se réveilla, elle cessa de s'interroger. Après une nuit sans sommeil, elle se sentait complètement vide et à vif. S'interdisant de se laisser aller — ou de s'enfermer dans la cabine en attendant que… Que quoi, au juste ? — elle se dirigea vers la porte ouverte du jet avec son fils dans les bras et répondit à ses questions du mieux qu'elle pouvait.

Shona n'avait jamais quitté La Nouvelle-Orléans où elle était née et avait été abandonnée. Fière de son indépendance, elle ne s'était jamais autorisée à rêver d'un avenir meilleur. Elle avait été endurcie contre tout, imperméable à la souffrance.

Et pourtant, dès l'instant où elle sortit dans la lumière de Khalia, les milliers de rêves qu'elle s'était interdit de formuler rejaillirent en elle, tel un nouveau flot dangereux. Tous les rêves qu'elle vivait la nuit, roulée en boule dans son lit, se bouchant les oreilles pour ne pas écouter les bruits inconnus après avoir atterri dans l'une de ces familles d'accueil où elle se sentait étrangère parmi des étrangers. Ces rêves fous qu'elle refoulait dès son réveil. Les rêves de pays lointains, de ciels exotiques.

Jamais elle n'avait vu de ciel comme celui de Khalia. Il s'étendait à l'infini, comme l'incarnation même de l'espoir. Immense et d'un bleu incroyable, plus éclatant, plus intense que ceux de ses songes d'enfant.

Il n'y avait aucune humidité dans l'air, réalisa soudain Shona. Couleur d'argile, le désert s'étalait dans toutes les directions, ondulant doucement. Il n'y avait ni marécages, ni levées constituées par les alluvions et sédiments charriés par le Mississippi, ni digues, ni vieux cyprès aux troncs noueux, ni bayou et marais aux eaux saumâtres peuplés d'alligators et de mystérieux secrets.

Elle avait l'impression d'avoir atterri sur une autre planète. Éblouie, fascinée, elle ne savait pas si elle avait envie de rire ou de pleurer. Elle ne reconnaissait pas l'émotion qui enflait en elle et contre laquelle elle se sentait impuissante. Quant à Miles, il ne paraissait pas ému le moins du monde.

L'air ravi, il cherchait à dégager sa main et Shona la lâcha. Dans ce simple geste, elle ne put s'empêcher de voir un symbole. Un frisson la parcourut, comme si son fils lui échappait.

— Fais attention, cria-t-elle.

Peine perdue. Miles avait déjà dévalé les marches métalliques et s'avançait sur le tarmac. Comme dans un cauchemar, elle le vit se mettre à courir. Les battements de son cœur s'accélérèrent, tandis qu'au contraire, tout semblait soudain fonctionner au ralenti autour d'elle.

Un horrible sentiment d'impuissance s'abattit sur Shona. De fatalité. Elle n'exerçait plus aucun contrôle sur l'existence de son fils. Tout avait été prédéterminé. Le moindre pas de son petit garçon. La moindre de ses réactions.

Car Malak attendait à quelques mètres. Seul.

Elle remarqua l'absence de gardes du corps en même

temps qu'elle regardait Miles courir vers son avenir sans qu'elle ne puisse rien faire pour l'en empêcher. Les agents de sécurité étaient postés dans le hangar du petit aéroport, évidemment, mais Malak les avait fait partir pour ne pas effrayer son fils.

Le cœur battant à un rythme sauvage, Shona descendit à son tour les marches métalliques. Après avoir posé le pied sur le tarmac, elle s'arrêta. Le soleil de Khalia lui caressa la peau.

Comment allait-elle bien pouvoir haïr un homme qui avait fait passer le bien-être de son fils avant tout le reste, sans même qu'elle n'ait à le lui demander ?

Plus émue qu'elle ne voulait le reconnaître, Shona regarda Malak s'accroupir devant Miles après avoir brièvement tourné les yeux vers elle, et faire enfin la connaissance de son fils.

Leurs regards ne s'étaient croisés qu'un instant, mais l'émotion entrevue dans celui de Malak l'avait ébranlée jusqu'au fond de l'âme.

4.

Deux semaines plus tard, Shona était à bout de nerfs. Si elle ne sortait pas rapidement de là, elle allait exploser !

Aucun incident désagréable ne s'était produit. Tous la respectaient et se montraient charmants avec elle. Quant au palais royal de Khalia, c'était l'endroit le plus charmant qu'elle eût jamais vu.

Dès son arrivée, elle avait été traitée en reine, qu'elle le veuille ou non. À l'aéroport, Miles et elle étaient montés à bord de leur propre véhicule tandis que, en proie à un mélange d'émotions aussi contradictoires que douloureuses, Shona demeurait profondément troublée par la vision de Malak s'agenouillant devant son fils.

Puis le chauffeur avait démarré et le confortable 4x4 avait traversé l'étendue désertique conduisant à la capitale, laquelle était soudain apparue au milieu des dunes comme si elle avait été façonnée avec le même sable.

— C'est vraiment mon papa ? avait tout à coup demandé Miles, l'air extasié.

— Oui, Malak est vraiment ton père, avait répondu Shona de la voix la plus neutre possible.

Au lieu de la submerger de questions, de reproches ou de demandes d'explications, Miles avait accepté ce père et ce voyage inattendus comme s'il s'agissait d'un cadeau, d'une surprise offerte par sa mère.

Un peu désarçonnée, elle avait gardé le silence et s'était interrogée sur cette acceptation instantanée de son fils. Comment était-il possible de passer ainsi de l'absence de père à l'arrivée d'un papa bien réel qui était en outre le roi d'un pays lointain dont la capitale surgissait du désert tel un mirage ?

Pendant que Miles continuait de s'émerveiller devant tout ce qu'il voyait, Shona avait tourné la tête vers la vitre, se préparant à d'éventuelles questions. Mais au lieu de demander quoi que ce soit, c'était son fils qui s'était mis à expliquer à sa mère que *son* papa était *roi*.

En proie à une sensation bizarre, elle avait contemplé les faubourgs s'étalant en bordure de la capitale. Tout était différent de ce qu'elle avait connu jusqu'à présent : formes, matériaux, couleurs…

Une fois passé les grilles du palais royal, elle avait été suffoquée. Ou émerveillée. À vrai dire, Shona ne savait pas vraiment ce qu'elle ressentait. Elle éprouvait un intense besoin de faire demi-tour et de s'en aller tout de suite, avant de se mettre à aimer cet endroit et de désirer y rester, parce que ç'aurait été une erreur colossale de s'attacher à un lieu aussi extraordinaire. Aussi… incroyable.

Hélas, impossible de fuir.

Elle avait grandi dans des familles d'accueil, ne cessait de se répéter Shona en serrant très fort la main de Miles dans la sienne tandis qu'ils pénétraient dans l'immense hall du palais au sol pavé de marbre, tout étincelant d'or et de blancheur. Jamais elle n'avait vu autant de beauté, de magnificence. D'élégance et de raffinement.

Abandonnée six jours après sa naissance, elle avait été déposée devant un bar, comme un sac d'ordures. Aussi n'avait-elle rien à faire dans un palais royal.

Deux semaines après son arrivée, Shona s'attendait toujours à ce que quelqu'un s'en rende compte.

Elle se sentait le vilain petit canard égaré hors de sa mare nauséabonde et perdu dans un monde fantasmagorique. Autour d'elle, tout semblait trop beau pour être vrai.

Alors que la capitale se dressait au milieu du désert,

il y avait de splendides jardins à l'intérieur et à l'extérieur du palais, entretenus par une équipe de jardiniers qui étaient manifestement de véritables artistes. De somptueux parterres de fleurs exotiques formaient des motifs compliqués et élégants, des fontaines gracieuses se dressaient çà et là, leurs jets d'eau retombant dans des bassins de marbre ou de pierre aux formes variées. Et en dépit de la chaleur, il faisait délicieusement frais à l'intérieur du palais et dans ses nombreuses cours.

Plus incroyable encore, chaque personne que Shona croisait inclinait la tête devant elle — alors qu'elle portait toujours son uniforme de serveuse.

Mais le jour où ils comprendraient qu'elle n'avait rien à faire là, tous la haïraient, la traiteraient d'usurpatrice, d'imposteur. Et ils auraient raison.

— Je n'ai vraiment pas besoin de vous, avait-elle dit à la jeune femme qui s'était présentée à elle comme son assistante personnelle.

Réalisant qu'elle s'exprimait d'un ton un peu brusque, Shona s'était reprise.

— Je peux très bien me débrouiller toute seule, je vous assure. Et vous n'avez pas à vous incliner quand vous vous adressez à moi.

— Vous êtes la reine…

— Certainement pas ! Non seulement je ne le suis pas, mais je n'ai pas l'intention de le devenir.

Si la prénommée Yadira avait été choquée par sa réaction, elle n'en avait rien montré. Vêtue d'une robe traditionnelle et raffinée lui conférant une grâce toute féminine, la jeune femme avait sans doute à peu près le même âge que Shona.

— Vous êtes la mère du prince héritier, avait répliqué doucement Yadira.

Ses yeux presque noirs avaient croisé brièvement ceux de Shona avant de fixer le sol.

— Par conséquent, vous devez être traitée avec tous les égards dus à votre rang, avait-elle conclu.

Trop fatiguée par le voyage et les bouleversements qu'elle avait connus, Shona n'avait pas insisté. Et lorsque Yadira lui avait présenté sa femme de chambre attitrée, elle s'était contentée de saluer celle-ci en souriant poliment.

Ensuite, s'attendant à ce qu'on lui prenne Miles, comme dans les films dramatiques vus à la télévision, elle s'était préparée à se battre pour son fils. Mais rien de tel n'était arrivé. Yadira les avait conduits tous les deux à un appartement immense et luxueux qui paraissait occuper une aile entière du palais. La jeune femme leur avait fait visiter chacun des salons et boudoirs, chaque chambre, montré les balcons, la piscine privée, ainsi qu'une cuisine tout équipée pour les jours où Shona souhaiterait préparer elle-même leurs repas.

Quant à la salle de bains, plus vaste que la superficie totale de sa maison de La Nouvelle-Orléans, elle contenait une baignoire immense et donnait sur un ravissant jardin clos.

La seconde porte ouvrait directement sur son dressing, avait précisé Yadira sans ouvrir celle-ci.

Mais la seule porte qui préoccupait vraiment Shona était celle de la chambre principale — « la sienne », donc — communiquant avec l'appartement de Miles. Car lui aussi disposait de ses propres pièces, dont une vaste salle de jeux aux murs ornés d'une frise colorée représentant toutes sortes d'animaux et de fleurs exotiques — ainsi que de sa salle de bains personnelle, bien sûr.

Dans l'un des salons, ils avaient ensuite été accueillis par trois nounous qui s'étaient empressées autour du petit garçon comme s'il était le centre de l'univers.

— Mon fils n'a pas besoin de nounous, avait alors déclaré Shona à Yadira.

Sans tenir compte du fait que celui-ci bavardait déjà avec animation avec les trois jeunes femmes qui s'exprimaient toutes dans un anglais parfait.

— Naturellement, madame, avait répliqué Yadira avec un sourire respectueux. Elles sont seulement là pour vous aider. Et elles s'éclipseront dès que vous le souhaiterez.

— Elles peuvent s'en aller. Maintenant.

Yadira avait acquiescé d'un léger hochement de tête, comme si elle n'y voyait aucun inconvénient. Puis, d'un simple geste de la main, elle avait invité les trois nounous, assises sur le parquet avec Miles qui riait de bon cœur, à quitter la pièce.

— Vous ne voulez vraiment pas vous rafraîchir après ce long voyage, madame ? avait alors demandé Yadira. Nous sommes tous des étrangers à vos yeux, par conséquent, vous êtes sans doute un peu désorientée. Mais vous n'avez pas à vous soucier de notre présence. En revanche, soyez certaine que le roi ne permettrait pas que l'on touche à un seul cheveu de son fils. Si cela devait advenir, sa réaction serait terrible.

Ça, Shona le croyait volontiers. De plus en plus lasse mais s'interdisant de se décourager, elle s'était tournée vers son fils, toujours assis par terre et jouant avec des voitures de course miniatures.

— Tu viens avec moi, Miles ? On va se laver les mains ?

— Non, avait-il répondu, sans même lever les yeux vers elle. Je joue, maman.

Ne voulant pas le brusquer, Shona l'avait laissé dans l'immense salle de jeux et était retournée dans sa salle de bains rutilante de marbre et de pavés turquoise et or.

Était-ce à cause de la fatigue qu'elle n'avait pu résister à l'attrait de la vaste baignoire blanche aux robinets de cuivre et de la fenêtre surplombant le si charmant jardin clos ? En tout cas, elle s'était fait couler un bain bien chaud, y avait versé des huiles aux parfums exquis et s'était même offert le luxe d'un masque capillaire, choisi parmi les produits mis à sa disposition sur les étagères bleu et or.

Lorsque, revigorée par le bain, Shona avait regagné ce qu'elle supposait être sa chambre, elle avait découvert que sa tenue de serveuse avait disparu. À sa place, étalés avec soin sur le lit où l'on aurait facilement pu dormir à quatre, se trouvaient étalés des vêtements dont la vue avait produit en elle une sensation de malaise.

Rien de tout ceci n'était réel, s'était-elle répétée, le cœur battant à tout rompre. Les mains tremblantes, elle avait effleuré les étoffes raffinées dont les femmes comme elle ne rêvaient même pas, sachant que ce genre de luxe leur était inaccessible.

Et puis, sa présence dans ce palais n'était que temporaire, de toute façon. Comme ses séjours en famille d'accueil.

Shona avait trop connu de déceptions pour se faire la moindre illusion. Chaque fois qu'elle avait cru avoir trouvé un tant soit peu de bien-être, de confort et d'affection, elle avait vite déchanté et constaté qu'elle était inexorablement vouée à la solitude.

Enveloppée dans la grande serviette de bain moelleuse, elle s'était dirigée vers la porte du dressing, s'attendant à trouver une sorte de grand placard. Au lieu de cela, elle avait découvert qu'il s'agissait en réalité d'une pièce entière aux dimensions faramineuses, au centre de laquelle trônaient un sofa recouvert de soie rose pastel et des fauteuils assortis.

Mais au lieu de jouer à la princesse et de se choisir l'une des robes extravagantes suspendues aux longs portants, Shona avait fouillé un peu partout avant de se trouver quelque chose de plus simple : un pantalon en coton souple blanc cassé qui lui allait parfaitement et dans lequel elle se sentait bien, ainsi qu'une tunique — dont la teinte bleu fumée mettait en valeur son teint naturellement mat. Face au miroir qui occupait tout un mur du dressing, elle était restée quelques instants à contempler son reflet.

Lorsqu'elle avait regagné la salle de jeux de Miles — lequel avait paru trop absorbé par les explications de l'une de ses nouvelles amies pour remarquer le retour de sa mère —, Yadira l'avait regardée en soupirant, manifestement déçue par ses choix vestimentaires.

Eh bien, il faudrait que son *assistante personnelle* se fasse une raison, avait décidé Shona. Parce que de son côté, elle n'avait pas l'intention de se métamorphoser en reine d'opérette. Et un peu plus tard, c'était dans cette même tenue qu'elle avait suivi Yadira qui la conduisait à la salle à manger privée du roi.

L'homme qui l'y attendait ressemblait encore moins à celui qu'elle avait vu assis sur un tabouret de bar cinq ans auparavant. Il ne portait plus son élégant costume mais une longue tunique blanche, semblable à une robe ample qui — Shona fut bien forcée de l'admettre — rehaussait encore sa beauté et son charisme. Ainsi vêtu, il paraissait encore plus imposant. Plus menaçant et plus somptueux à la fois.

— Qu'est-ce que c'est que cette tenue ? avait-il alors demandé en la dévisageant de la tête aux pieds, l'air plus amusé que choqué.

À demi allongé sur d'énormes coussins aux teintes vibrantes devant une table basse sur laquelle étaient posés de nombreux mets colorés, il dégageait une aura de sensualité inouïe et de dangerosité qui fit frémir Shona. Car derrière cette attitude décontractée se dissimulait un prédateur. Au repos, mais toujours à l'affût et prêt à bondir à tout instant sur sa proie.

Dans une sorte de flou, elle avait contemplé le balcon offrant en arrière-plan une vue spectaculaire sur la capitale. Puis elle était revenue à l'homme superbe appuyé nonchalamment sur un coude et dont le regard sombre s'éclairait de magnifiques reflets d'opale.

Elle avait de nouveau frémi. Malak détenait le pouvoir de lui faire ressentir des sensations malvenues, mais Shona s'était convaincue qu'elle n'éprouvait que de la colère. Rien d'autre.

— Je veux récupérer mes vêtements.

— Impossible, avait-il répliqué tranquillement. Ils

t'ont sans aucun doute été utiles dans ton ancienne vie, mais tu te trouves désormais à Khalia. Aucun de ces vêtements ne sied à ton nouveau rôle, ta nouvelle position.

— Je n'ai pas accepté de t'épouser, Malak, avait-elle rétorqué en redressant épaules et menton, prête au combat. Ni même accepté de dîner avec toi. Et je constate que décidément, tu as le don d'ignorer ce que tu ne veux pas entendre.

Un léger pli s'était formé sur la belle bouche sensuelle.

— Tu es la mère du prince héritier de Khalia, avait-il déclaré avec une patience exagérée. Quelle que soit ta perception de ce statut, celui-ci s'assortit de certaines attentes.

Se raidissant, elle avait riposté d'un ton dédaigneux :

— Ça, c'est ton problème. Pas le mien.

— Je suis au regret de devoir t'informer que, comme tu t'en rendras vite compte par toi-même, mes attentes ont souvent valeur de lois, avait-il répliqué d'une voix onctueuse. N'oublie pas que je suis le *roi* de Khalia.

S'il croyait qu'elle allait se laisser intimider aussi facilement, il se trompait.

— Je ne suis pas certaine d'être concernée par ces lois. Y a-t-il une ambassade américaine ? J'aimerais m'y rendre pour poser quelques questions. Notamment concernant la façon dont tu nous as fait venir ici, alors que ni Miles ni moi n'avons de passeports.

Il avait souri, comme si ses paroles l'enchantaient. Et Shona s'était détestée de réagir à ce sourire. On aurait dit que c'était ce qu'elle attendait, depuis le début !

— Désolé de te détromper. Vous possédez chacun un passeport. Je les ai fait faire moi-même.

— Comment as-tu pu…

Shona s'était interrompue, le cœur battant à tout rompre. Il ne parlait pas de passeports américains.

— Félicitations, avait murmuré Malak, les yeux étincelants. Toi et mon fils êtes désormais citoyens de Khalia.

Il lui avait fallu quelques inspirations pour se contrôler.

— Tu t'attends peut-être à des remerciements ? avait-elle répliqué le plus calmement possible.

— Comme c'est étrange… La plupart des femmes considèrent la moindre attention de ma part comme un présent divin. Tu as peut-être un problème avec…

— J'en ai même plusieurs ! l'avait interrompu Shona d'une voix crispée. Le principal étant que je ne peux pas rester ici.

Il s'était contenté d'un haussement d'épaules, lui signifiant par là que la conversation commençait à l'ennuyer.

Ce n'était qu'à ce moment-là qu'elle avait compris qu'il était vraiment roi. Pas un prince glamour dont les photos s'étalaient dans les magazines people, mais un monarque puissant qui entendait gouverner à l'ancienne. Un redoutable chef d'État doublé d'un fin stratège.

Cette réalité l'avait profondément ébranlée, faisant naître une chaleur incontrôlable en elle, que Shona avait préféré attribuer à l'incrédulité qu'elle ressentait.

— Tu es libre de partir quand bon te semblera, avait alors dit Malak d'un ton las.

Pour lui, la discussion était close, au cas où elle ne l'aurait pas compris.

— Mes gardes te conduiront à l'aéroport royal et te raccompagneront jusqu'à La Nouvelle-Orléans dès que tu souhaiteras t'en aller. Mais sans Miles.

Évidemment. À quoi s'était-elle attendue ? À ce qu'il laisse partir son fils, le prince héritier de Khalia ?

Sans ajouter un mot, Shona avait tourné les talons et rejoint *son* appartement, où elle s'était préparé un repas léger dans *sa* cuisine.

Et elle était restée, évidemment, contrainte de jouer un rôle qu'elle n'avait jamais convoité. De toute manière, personne ne lui avait demandé son avis sur la question.

*
* *

Chaque matin, Yadira venait la réveiller et elles démarraient leur routine quotidienne. Dès que la jeune femme déposait sur le lit des vêtements choisis avec soin, Shona se précipitait dans le dressing et fouillait penderies et rayonnages jusqu'à ce qu'elle trouve quelque chose de ressemblant aux jean et T-shirt qu'elle aurait portés à La Nouvelle-Orléans. C'est-à-dire un pantalon et une tunique les plus simples possible, probablement destinés à être portés pour la détente et dans les limites de son appartement privé.

Yadira faisait mine de ne pas désapprouver son choix, tandis qu'elle supervisait le petit déjeuner que Shona partageait avec Miles sur l'une des terrasses de leurs appartements.

C'était si différent de ce qu'elle avait vécu avec son fils dans leur petite maison… Ils prenaient souvent le petit déjeuner ensemble, mais pour elle, celui-ci se bornait la plupart du temps à une tasse de café qu'elle n'avait même pas le temps de réchauffer au micro-ondes. Dès la dernière goutte avalée, elle filait au pressing où elle travaillait, laissant Miles au jardin d'enfants pour la matinée.

Tandis que là, au palais, elle pouvait savourer un repas complet et du vrai café à l'arôme puissant. Après le petit déjeuner, Miles avait le choix entre jouer avec ses nounous ou étudier un peu avec celles-ci. Lorsque Shona avait fait remarquer à Malak qu'à quatre ans, un petit garçon avait besoin d'un cadre plus structuré, le roi avait répondu avec hauteur que *son fils* était entre de bonnes mains avec ses nounous, toutes parfaitement qualifiées pour s'occuper d'un enfant de son âge.

Et quand elle s'était plainte que ce personnel parfaitement qualifié se montrait trop laxiste avec Miles et cédait trop souvent à ses caprices, notamment en ce qui concernait la nourriture, Malak avait répliqué en haussant les sourcils :

— J'ai reçu la même éducation à son âge et l'enseignement comporte en effet de nombreuses plages de détente et de jeu. Es-tu vraiment inquiète pour son développement, Shona ? Ou n'apprécies-tu pas de perdre le contrôle dont tu disposais exclusivement jusqu'à présent ?

Au prix d'un effort surhumain, Shona avait réprimé la riposte qui lui était montée aux lèvres. En outre, côté enseignement, elle avait ses propres problèmes à gérer. Notamment ces fichus cours de *maintien*.

— Personnellement, je n'ai pas besoin de cours, avait-elle décrété un peu plus tard à Malak d'un ton glacial.

— Que tu en aies besoin ou non, je te conseille de les suivre si tu souhaites rester ici, avait-il rétorqué.

Persistant à refuser de dîner avec lui, elle se tenait au centre de la salle à manger, au milieu des coussins et des poufs répartis un peu partout, les flammes des bougies dansant au gré de la brise passant par les portes-fenêtres ouvertes sur la nuit parfumée.

Shona déclinait toutes les invitations à s'asseoir. Et elle se réjouissait de constater que son refus obstiné commençait à insupporter Malak.

— Si tu ne te sens pas bien ici, tu peux retourner à La Nouvelle-Orléans dès demain, avait-il poursuivi en reposant sa tasse vide sur la table basse. Tu n'as qu'un mot à dire.

— Tu n'es jamais fatigué de proférer des menaces ?

— Je ne recours jamais aux menaces, Shona, avait-il répondu en souriant. Je suis le roi, aussi mes désirs sont-ils des ordres et mes préférences des lois.

Autrement dit, elle était forcée de suivre ces satanés cours. Au bout d'une semaine, elle détestait ses professeurs qui semblaient de leur côté désespérer de tirer quoi que ce soit de leur élève.

Pourtant, ils y mettaient de la bonne volonté, mais elle résistait à tout : conseils, suggestions… Jusqu'à ce qu'ils soient découragés, à bout de patience — mais sans jamais le montrer, naturellement.

Shona se fichait bien de savoir quelle fourchette il fallait prendre pour tel plat, comment porter les écharpes que Yadira continuait de lui présenter, quelle robe et quels accessoires choisir pour telle ou telle occasion…

Rien de tout cela ne l'intéressait, parce qu'elle refusait de devenir ce que tous attendaient d'elle. Alors, à quoi bon apprendre à marcher comme la reine qu'elle n'était pas et ne serait jamais ? À s'adresser à des chefs d'État qu'elle ne rencontrerait jamais ?

Elle avait beau être forcée de suivre ces cours — ou du moins d'y faire acte de présence —, Shona demeurait totalement réfractaire à tout enseignement.

— Votre comportement risque d'embarrasser le roi, lui avait fait remarquer un digne conseiller à la fin d'un cours destiné à la familiariser avec le protocole.

Cours durant lequel elle avait fait preuve d'une absence totale de réactivité.

— Cela ne me dérange pas du tout, avait-elle répliqué avec calme.

De son côté, Miles s'épanouissait de jour en jour.

Il adorait le palais. Il adorait avoir un père. Il aimait son papa totalement, inconditionnellement et de tout son cœur. Et même si Shona détestait la situation dans laquelle elle se retrouvait prisonnière, elle ne pouvait ignorer l'amour absolu de Miles pour Malak.

Il adorait également ses nounous et ses professeurs, tous faisant preuve à son égard d'un mélange de dévotion et d'admiration qui paraissait sincère. À leurs yeux, Miles semblait être le petit garçon le plus délicieux qui puisse exister.

Il adorait toutes les choses nouvelles et excitantes qu'il avait l'occasion de découvrir. Il en parlait sans cesse. Il adorait par ailleurs avoir un grand-père, ce vieil homme triste qui errait dans le palais comme un fantôme à la recherche de sa défunte épouse et répondait à peine aux saluts qu'on lui adressait.

Miles se portait à merveille. Il était heureux.

C'était *elle*, qui ne pouvait s'intégrer à leur nouvel environnement. *Elle*, qui avait un problème. Comme autrefois, ainsi qu'on le lui répétait dans chaque nouvelle famille d'accueil. Cependant elle avait survécu, à chaque fois. Par conséquent, elle survivrait aussi à ce qu'elle endurait maintenant.

— Quand cela cessera-t-il ? demanda Malak un soir.

Il avait rendu le moment du dîner encore plus pénible en décidant un jour qu'ils partageraient désormais ce repas en famille.

« En famille », notion totalement étrangère à Shona, mais qui provoquait en elle des échos mystérieux dont elle ne parvenait pas à comprendre le sens. Ces deux mots évoquaient pour elle un domaine qu'elle ne parvenait pas à regarder en face. Trop d'émotions s'y rattachaient, qu'elle préférait ne pas affronter. Ç'aurait été trop risqué. Ou trop douloureux, peut-être.

Mais elle fut bien obligée de se plier à ce nouveau diktat et de faire comme si tout allait bien. C'était d'ailleurs presque le cas tant que Miles se trouvait avec eux. Il bavardait joyeusement avec l'un ou l'autre, tandis que Shona foudroyait Malak du regard par-dessus les assiettes ornées des armoiries royales et les plats débordant de nourriture exquise.

Dès l'instant où les bien-aimées nounous de Miles venaient le chercher, elle se levait et retournait à son ancien poste, debout au milieu de la pièce.

Comme ce soir-là.

— Quand tu cesseras de feindre de croire que je deviendrai ta reine, répondit-elle, le menton haut. Pas avant.

— La seule chose qui m'intéresse, c'est de savoir si tu envisages une date, répliqua Malak.

Assis sur un superbe pouf en cuir rouge carmin rehaussé de motifs couleur or, il avait l'air aussi décontracté que d'habitude.

— Parce que je vais être franc, Shona : ton manège m'ennuie prodigieusement.

— Moi, je t'ennuie ? fit-elle en roulant des yeux. Mon Dieu, ça doit être atroce…

— Je connais des supplices bien plus *atroces*, répliqua-t-il d'une voix douce.

Beaucoup trop douce. Shona n'était pas stupide, elle avait perçu la pointe menaçante sous la douceur.

— Vraiment ? fit-elle en le défiant du regard.

Erreur. Parce que Malak lui sourit. Avant de se lever d'un mouvement fluide qui renforça encore sa grâce masculine et dont Shona sentit les effets dans son propre corps.

Son cœur fit un petit bond. Une boule lui obstrua la gorge, l'empêchant de respirer.

Va-t'en ! s'ordonna-t-elle. *Vite !*

Mais ses pieds semblaient rivés au sol.

— Qu'est-ce que tu fais ? demanda-t-elle d'une voix rauque.

Par miracle, elle n'avait pas bégayé, Dieu merci.

Le sourire de Malak s'agrandit, un éclat sauvage incendia les sublimes yeux verts.

— Je me rends compte que je m'y suis pris comme un idiot, dit-il avec une férocité tranquille.

Un tremblement irrépressible naquit au creux du ventre de Shona, se propagea dans tout son être.

— Je ne sais pas ce que tu entends par là, mais…

— Que dit ce proverbe, déjà ? Que l'on n'attrape pas les mouches avec du vinaigre, c'est bien cela ?

Il s'avança vers elle en poursuivant :

— Ces petites gourmandes préfèrent le miel et le sucre, évidemment…

5.

Malak était toujours passé en second après Zufar, mais il n'en demeurait pas moins prince de la maison royale et à ce titre, personne ne lui avait jamais manqué de respect, ni n'avait mis sa patience à l'épreuve. À tel point qu'il ne s'était jamais demandé s'il en avait ou pas.

Depuis son retour à Khalia avec Shona, il avait néanmoins eu, pour la première fois de sa vie, de nombreuses occasions de tester ses propres limites en la matière. Expérience éprouvante dont il se serait volontiers passé.

Ce soir-là, par exemple, il aurait dû se concentrer sur les lourdes responsabilités qui lui incombaient désormais ou songer à son proche couronnement — même s'il s'agissait d'une simple cérémonie destinée à officialiser la passation de pouvoir qui avait déjà eu lieu dans les faits. Il aurait dû s'inquiéter de l'avenir de son pays dont l'économie ne pouvait reposer éternellement sur les exportations de pétrole.

Et pourtant, une seule chose, un seul être, semblait le préoccuper. Shona.

Shona qui, cinq ans plus tôt, avait pénétré dans le bar de l'hôtel et lui avait coupé le souffle. Shona dans cette robe en lamé doré dont il se rappelait les moindres détails, notamment le moment où il la lui avait ôtée, découvrant peu à peu un corps aux délectables rondeurs. Shona étendue sous lui dans le lit immense de sa chambre. Shona refermant les jambes sur ses reins et poussant ces adorables petits cris émerveillés…

Mais la Shona actuelle, la vraie, celle qui se tenait là devant lui chaque soir, Malak ne pouvait plus attendre de la toucher. Il avait soudain l'impression de l'avoir *toujours* attendue depuis cette nuit de La Nouvelle-Orléans.

— Qu'est-ce que tu fais ? demanda-t-elle à nouveau, d'un ton franchement effrayé, cette fois.

Il en avait assez de son obstination absurde, mais jusqu'à présent, il avait été curieux de voir jusqu'où elle était capable d'aller, alors qu'elle savait très bien que sa résistance était de toute façon vouée à l'échec.

Peut-être n'aurait-il pas dû douter de sa détermination, songea Malak en la voyant redresser le menton d'un cran supplémentaire, les yeux étincelants. Elle le défiait ouvertement, alors que la plupart des femmes — et des individus en général — baissaient automatiquement les yeux quand ils s'adressaient à lui, par respect et déférence.

S'il la laissait faire, Shona resterait éternellement là, au milieu de la pièce, à le foudroyer du regard.

Mais ce soir-là, il ne pouvait supporter ce petit jeu et alors qu'il s'avançait vers elle, il fut traversé par un frisson d'anticipation en la voyant reculer.

Elle lui avait déjà appris beaucoup de choses. Qu'il n'était pas patient. Qu'il détestait attendre et n'appréciait pas particulièrement la rébellion. Et à présent, il se découvrait un instinct de chasseur.

Jamais encore Malak n'avait eu à poursuivre une femme. Elles lui tombaient dans les bras sans même qu'il n'ait à leur faire la cour. Elles anticipaient le moindre de ses désirs, prêtes à tout pour retenir son attention et obtenir ses faveurs.

Mais pas Shona.

Elle continua de reculer, jusqu'au balcon qui courait autour de cette partie de ses appartements privés. Sans se retourner, elle sortit à reculons tandis qu'il suivait sa progression sans hâte, alors qu'il brûlait d'impatience.

Le cœur lui tambourinait les côtes, un courant impétueux coulait dans ses veines, vif et insolent… Malak jubilait. Tous ses sens s'éveillaient soudain.

— J'ai laissé cette situation perdurer trop longtemps, Shona.

Quand elle se retrouva adossée à la balustrade de pierre, il ne put retenir un sourire satisfait.

— Mais j'avoue que j'admire ta détermination. Et je suis sincère.

— J'apprécie ton admiration…, répliqua-t-elle.

Il fut enchanté d'entendre une note rauque colorer sa voix, et de voir une véritable panique dans ses yeux noisette.

— … Mais je l'apprécierais encore plus à distance.

— Je t'ai accordé toute la distance dont tu semblais avoir besoin, dit-il en continuant d'avancer vers elle.

Malak se rapprocha, de plus en plus près. Jusqu'à ce qu'elle se retrouve prisonnière entre lui, la balustrade et le ciel constellé d'étoiles recouvrant la capitale.

— J'ai toléré ton irrévérence. Personne d'autre n'aurait osé se comporter avec moi comme tu l'as fait, mais je t'ai laissée faire. Tu peux me remercier de m'être montré aussi magnanime, si tu le souhaites.

La façon dont ses seins se soulevaient sous la fine tunique, à un rythme de plus en plus rapide, le fascinait. Sa proximité affectait Shona, elle ne pouvait le dissimuler, mais il en voulait davantage. Aussi se rapprocha-t-il encore, jusqu'à ce qu'elle soit forcée de reculer le buste en s'agrippant à la balustrade pour ne pas basculer en arrière.

Il ne la laisserait pas tomber dans le vide, naturellement, mais elle n'en savait rien. Un peu de peur et d'incertitude lui ferait du bien.

— Tu veux que je tombe à la renverse, c'est ça ? lança-t-elle, les mâchoires serrées. Que je meure *accidentellement* ?

— Pourquoi désirerais-je ta mort ? demanda-t-il d'une voix douce.

Il n'aurait eu qu'à pencher un tout petit peu la tête pour goûter sa peau.

— À moins que tu ne songes à ce que l'on appelle la *petite mort* ? enchaîna Malak.

Il *sentit* la chaleur monter en elle, se propager en lui. Comme s'ils s'unissaient déjà malgré eux.

— Je préférerais ne pas mourir du tout, trancha-t-elle.

À présent, sa voix avait pris une nuance plus crispée, trahissant le combat qui se livrait en elle. Elle luttait contre lui, mais aussi contre elle-même.

— Explique-moi ce que tu cherches avec tes petites mises en scène, répliqua-t-il en la regardant droit dans les yeux. Comptes-tu rester postée au garde-à-vous à chaque fois que nous nous retrouvons seuls dans une pièce ? Vas-tu refuser de porter des vêtements appropriés à ton nouveau statut, préférant déambuler à travers le palais dans ces étranges accoutrements qui intriguent le personnel ? Sais-tu qu'ils commencent à s'interroger sur ta santé mentale ? Jusqu'où es-tu prête à aller, au juste ?

Ses yeux étincelaient, de rage et d'une autre émotion qu'il n'eut aucun mal à déchiffrer, mais quand elle répondit, sa voix était calme. Ce que Malak admira malgré lui.

— Je continuerai jusqu'au jour où je pourrai rentrer chez moi et reprendre mon ancienne vie. Loin de toutes ces… absurdités.

— Tu sais pourtant que ce jour n'arrivera jamais, n'est-ce pas ?

Inutile de prendre des gants. Il fallait en finir avec cette résistance stérile qui n'avait que trop duré.

Shona inspira profondément, comme s'il l'avait giflée.

— J'aimerais beaucoup t'en vouloir de m'avoir caché l'existence de mon fils durant toutes ces années, poursuivit Malak avec la même fermeté. Mais il se trouve que je n'y arrive pas. Et je mentirais en disant que je serais retourné vers toi si je n'avais pas appris l'existence de Miles.

Il inclina la tête.

— Je te pardonne.

Au lieu d'exprimer une quelconque gratitude, elle lui décocha un regard furibond.

— Comme c'est gentil…, laissa-t-elle tomber du bout des lèvres avec mépris. J'ai vraiment de la chance d'avoir été forcée de renoncer à ma vie, à tout mon univers, par un homme aussi… compréhensif.

À ces mots, il éclata de rire, ce fut plus fort que lui.

— Apparemment, tu ne comprends pas bien ta situation, Shona. Si j'étais moins *compréhensif*, comme tu dis, je veillerais à ce que tu sois durement châtiée pour cette omission délibérée.

— Ah ? Je croyais que c'était ça, mon châtiment, riposta-t-elle, le dos toujours penché en arrière au-dessus de la balustrade. Cette vie confinée dans l'enceinte du palais. Une prison reste une prison, Malak. Même si elle dégouline de luxe et que chaque matin, mon assistante personnelle — comme si j'avais besoin d'être *assistée* ! — étale des vêtements somptueux sur mon lit.

Cette fois, c'en était trop. Elle avait dépassé les bornes. Malak en avait plus qu'assez de feindre d'être imperméable à ses petites piques venimeuses et de rester indifférent à ses défis perpétuels. De prétendre qu'il était insensible à l'attrait de cette belle bouche pulpeuse, de ce corps mince aux courbes délicieusement féminines qui l'obsédait en permanence.

Il devait montrer à sa farouche rebelle qu'elle ne pouvait le provoquer indéfiniment en toute impunité. Il ne pouvait plus attendre. Il se consumait pour elle, jour et nuit.

Cependant la situation avait changé. Ils n'étaient plus les amants d'autrefois. Une nuit ne lui suffirait pas pour assouvir le désir qui le dévorait. Pour cette femme à qui il était désormais indissolublement lié jusqu'à son dernier souffle.

Malak désirait davantage que du sexe.

Il voulait la reddition totale de Shona.

— Explique-moi pourquoi je devrais m'interdire de te toucher, murmura-t-il.

Un long frisson la parcourut tout entière.

— Dis-moi pourquoi je devrais m'en empêcher, Shona. Alors que tu en as envie autant que moi.

— Je ne…

— Sois sincère, pour une fois. Et, qui sait ? Je pourrais te laisser partir. Ce soir même.

Une lueur sauvage embrasa les yeux de Shona, le faisant frissonner à son tour.

— C'est toi, qui manques de sincérité, Malak.

Il sourit, puis baisa le cou à la peau satinée, juste à la bordure de la tunique. Shona tressaillit, mais ne protesta pas. Elle ne tenta pas non plus de le repousser.

Le goût de sa peau était encore plus suave que Malak se le rappelait. Plus enivrant. Sucré. Le parfum même du désir.

Du paradis.

— Dis-moi, murmura-t-il contre son cou. Dis-moi ce que tu veux, Shona. Et je te le donnerai.

— Je veux…

Cramponnée à la balustrade, elle renversa la tête en arrière pour mieux s'offrir aux caresses de ses lèvres.

— Je veux…

— Je sais ce que tu veux, chuchota Malak.

Incapable de résister plus longtemps, il prit possession de sa bouche.

Tout devint électrique. Jusqu'à l'air qu'ils respiraient. La bouche de Shona avait un goût divin qui se déversait en lui, exacerbant le désir qui le consumait. Comme si c'était la première fois, comme s'il n'avait embrassé aucune femme avant elle et n'en embrasserait plus aucune autre après elle.

Comme si le goût de cette bouche, la bouche de Shona, était le seul qu'il eût jamais connu, le seul qu'il désirât jamais connaître.

Malak se souvenait de cette fusion instantanée. De cette impossible douceur. Il se les rappelait, mais à présent que Shona était de nouveau là, il ne parvenait pas à comprendre comment il avait bien pu s'éloigner d'elle cinq ans plus tôt.

Parce que cette femme était parfaite. Pour lui.

Tout en approfondissant le baiser, il lui caressa la joue en même temps qu'il la serrait contre lui. Son érection le lancinait, presque douloureuse, tandis que le corps de Shona semblait fondre. Leurs corps se complétaient, dans une harmonie… parfaite.

Ils étaient faits l'un pour l'autre.

Cette pensée aurait dû le refroidir. L'horrifier. Parce qu'il était roi et qu'il ne s'agissait pas d'un jeu. En outre, Malak ne croyait ni au coup de foudre ni à ces histoires de destin réunissant deux êtres nés pour se rencontrer. Il avait grandi auprès d'un père malade d'amour pour une épouse ne ressentant que de l'indifférence à son égard. Le roi Tariq avait été trompé, sa femme avait entretenu une liaison avec un étranger et donné naissance à un fils illégitime. L'amour s'était alors mué en chagrin éternel et plus tard, avait mis un terme au règne du père de Malak, trop accablé par la mort de la reine Namani.

Peu de temps après, l'amour, toujours lui, avait amené Zufar à abdiquer.

L'amour n'était que chaos et ruine, Malak avait été témoin de ses ravages. Et jamais, il n'avait été tenté de participer à cette folie.

Aussi s'était-il juré de ne jamais se laisser aller à ce sentiment funeste, ni à aucune autre émotion destructrice du même acabit. Et maintenant qu'il régnait à son tour, il était plus que jamais résolu à ne pas déroger à ce principe.

Son règne ne serait pas soumis à de tels aléas.

Après avoir été ignoré en tant que cadet de la famille, il demeurait le seul à être capable de résister, le seul à comprendre à quel point les conséquences de la passion amoureuse avaient nui au royaume et menacé l'équilibre de la nation entière.

Par conséquent, il devait endiguer le flot qui menaçait de le submerger. Le courant brûlant dans lequel il se noyait avec délices. Le goût dévastateur de Shona. La sensation divine de leurs langues se caressant, s'enlaçant…

C'était aussi puissant qu'une drogue. Sourd aux alarmes qui se déclenchaient dans sa tête, Malak en voulait davantage, quel que soit le prix à payer.

Et lorsque Shona écarta soudain la bouche de la sienne, puis lui posa les mains sur la poitrine, le souffle court, Malak oublia qu'il avait pris le pouvoir. Qu'il était roi et chef d'État.

Une seule chose lui importait. Shona et le goût merveilleux de sa bouche.

Il voulait tout d'elle.

— Malak…, commença-t-elle, d'une voix changée.

Rauque, teintée de révérence.

Shona était aussi ébranlée que lui, aussi choquée par la force de ce qui vibrait entre eux et en eux. Cette alchimie puissante et absolue.

L'alcool n'était pour rien dans l'attirance inexorable qui les avait poussés dans les bras l'un de l'autre, avait-il songé en la quittant à l'aube, cinq ans plus tôt. Il avait dû s'arracher à sa merveilleuse chaleur de femme, à la douceur de sa peau, à ce corps ravissant et nu alangui dans le grand lit. Il s'était interdit de se retourner, de s'attarder. De céder au désir de se rallonger à côté d'elle et de la prendre, encore et encore…

Malak ne voulait plus penser à cela. Il désirait Shona tout entière, maintenant. Et pour toujours.

Aussi refusa-t-il d'avance toute protestation, tout argument, toutes les barrières ridicules qu'elle pourrait dresser entre eux. Ces tentatives ne pourraient que retarder l'inéluctable.

Quand il s'agenouilla devant Shona, il entendit le halètement qui franchit ses lèvres. Il la sentit retenir son souffle.

Lentement, il fit remonter ses mains sur les mollets au galbe ferme et doux à la fois, les cuisses minces aux muscles déliés, s'émerveillant de retrouver les sensations qui l'avaient déjà ravi autrefois. Il glissa les doigts sous la ceinture du pantalon et se réjouit de sentir un tremblement l'agiter tout entière tandis qu'elle le laissait faire et enfouissait les doigts dans ses cheveux.

Levant les yeux, Malak contempla le beau visage penché vers lui, le regard luisant de reflets mordorés, en même temps qu'il faisait descendre le pantalon sur les hanches de Shona, ses cuisses, dénudant peu à peu ses jambes superbes.

Il lui souleva un pied puis l'autre, repoussa le vêtement désormais superflu.

Avec la même lenteur, il laissa remonter ses doigts sur la peau satinée, effleura l'adorable postérieur aux rondeurs exquises. Shona creusa les reins. Il l'attira contre lui.

— Malak…, répéta-t-elle dans un souffle.

Il prit cela pour une invite et rapprocha son visage en souriant, repoussa le dernier rempart de dentelle couleur ivoire et la goûta enfin, à l'endroit même où sourdait son désir.

Dans une sorte d'extase partagée, ils cédèrent à l'ivresse ensemble. Il la tenait par les hanches, la léchant, la caressant avec ses lèvres, sa langue. Il la mordilla délicatement, sans pouvoir se lasser de ce nectar unique, de cette chaleur qui le rendait fou de désir. Pour cette femme et aucune autre.

Quand elle murmura de nouveau son prénom, ce fut comme une prière. Il la sentit se raidir, avant de s'envoler dans la jouissance contre sa bouche.

Mais cela ne suffit toujours pas à Malak. Tout en lui suçant le clitoris, il glissa un doigt en elle, puis un second. Elle bascula les hanches vers lui en poussant des petits cris délicieux entrecoupés de halètements, avant d'atteindre de nouveau le nirvana.

Malak recommença, encore et encore, jusqu'à ce qu'elle redescende sur terre, pantelante, repue.

À ce moment-là, il écarta son visage du sexe qui palpitait encore, remit la culotte de dentelle en place et réussit à dominer le désir qui rugissait en lui, réclamant l'assouvissement.

Il était plus doué pour la retenue qu'il ne le croyait, finalement…

S'étant redressé, Malak garda un bras autour de la taille de Shona pour l'empêcher de s'effondrer. Un sentiment de triomphe purement viril l'envahit en la voyant aussi comblée. Vaincue. Lui tendant son pantalon, il continua de la tenir par la taille, tandis qu'elle battait des cils, l'air encore extasié. Elle prit un certain temps à se rhabiller, tant ses mains fines tremblaient.

— Tu peux rester debout aussi longtemps que tu le voudras, dit-il alors d'une voix aussi sombre, aussi sauvage que le feu qui couvait en lui.

Grâce à elle, il avait découvert la patience. Le contrôle de sa libido. Et le plaisir de la poursuite et de la traque.

Cependant, il allait devoir exercer une autre forme de contrôle sur lui-même. L'autorité ne fonctionnait pas avec Shona. Elle était trop endurcie, trop déterminée. Les ordres glissaient sur elle. La force n'avait aucun effet sur sa volonté d'acier. En outre, elle semblait se méfier de tout et de tous.

Or, au lieu de lui déplaire, ces traits de caractère non seulement plaisaient à Malak mais il les admirait.

La délicieuse expérience qu'ils venaient de partager avait toutefois mis en évidence une faille dans la cuirasse. Shona ne pouvait résister aux douceurs.

— Debout ? répéta-t-elle, l'air un peu perdu.

— Oui, tu peux rester debout lorsque nous prendrons nos repas ensemble, et jusqu'à la fin des temps, si tel est ton désir.

Il sourit en voyant les beaux yeux noisette s'assombrir.

— J'y verrai une invitation à déguster mon dessert préféré. Tu as compris ?

Une lueur mutine traversa le regard de Shona.

— Je n'aime pas les desserts, déclara-t-elle.

Malak éclata de rire, ravi. Parce qu'il commençait à la comprendre, elle et ses stratégies. Et qu'il avait découvert que pour l'atteindre, il fallait s'adresser à sa sensualité. Retourner son propre corps contre elle. Toute approche directe susciterait sa résistance. Mais il suffirait d'un baiser pour la faire fondre tout entière.

— Ah bon ? demanda-t-il doucement. Quand tu as joui dans ma bouche en murmurant mon prénom, j'ai pourtant eu l'impression du contraire. Mais tout roi que je suis, je ne prétends pas détenir le pouvoir de t'ôter tes illusions. Reste debout autant que tu le voudras, Shona. Non seulement je m'en réjouis, mais je préfère cela, finalement.

Sur ces paroles, il la lâcha et la laissa là, sur le balcon, tremblante et confuse, tandis que lui-même allait satisfaire les exigences de sa libido sous la douche.

Une fois de plus.

6.

Shona sortit des appartements de Malak les jambes mal assurées et l'esprit en proie à un épouvantable chaos.

Une sensation de perte l'accablait. Elle avait cédé, renonçant à tout contrôle, à tout amour-propre.

Le dos et les épaules raides, elle adressa un léger hochement de tête aux gardes qui, postés de chaque côté de la double porte, la saluaient avec respect.

Elle avait *capitulé*, résuma Shona en empruntant le long corridor tapissé de soie pourpre sur laquelle ressortaient de majestueux tableaux de maîtres anciens.

Depuis son arrivée, elle avait appris à s'y retrouver dans ces labyrinthes de couloirs, de vestibules, ces enfilades de salons plus somptueux les uns que les autres. Mais elle ne s'y sentait pas plus à l'aise pour autant. Elle doutait même de pouvoir jamais s'habituer à cette abondance de luxe, de marbre et d'or. Aux sculptures et aux œuvres d'art nichées dans les alcôves. Aux mosaïques aux motifs compliqués recouvrant sols et murs.

Le palais était magnifique, mais elle ne s'y sentait pas chez elle.

S'arrêtant devant l'une des fontaines qui s'élevait au centre d'une petite cour intérieure circulaire, Shona plongea la main dans l'eau fraîche et regarda le reflet de la lune danser autour de ses doigts. Levant les yeux, elle contempla le ciel où luisait doucement l'astre nocturne et eut soudain envie de pleurer.

On l'observait, elle le savait. Où qu'elle aille, quoi

qu'elle fasse. Ses moindres gestes étaient épiés. On chuchotait dans son dos. Ses conseillers ne cessaient de le lui répéter, au cas où elle ne s'en serait pas rendu compte toute seule.

Elle n'exerçait plus aucun contrôle sur sa vie. Qu'elle accepte de devenir la reine de Malak ou non — à supposer qu'elle ait son mot à dire sur la question —, elle demeurerait toujours liée à cet endroit. À ces gens.

Parce que Miles l'était, à jamais.

Shona se répétait sans cesse qu'elle devait l'accepter et renoncer à tout espoir de retourner à La Nouvelle-Orléans, qu'elle devait s'accommoder de la situation et en tirer le meilleur profit, s'en servir pour avancer. Mais cette dure réalité restait toujours aussi difficile à admettre.

Miles était *aussi* le fils de Malak. Si elle partait, cela n'y changerait rien. À l'inverse de sa mère, le petit garçon évoluait dans son nouvel environnement comme un poisson dans l'eau. Comme s'il avait toujours vécu là, au palais où son père avait grandi avant lui.

Un jour, il prendrait la relève et monterait à son tour sur le trône. Que cela plaise ou non à Shona, il en serait ainsi.

Par ailleurs, Malak s'était servi de son fils contre elle et il venait de faire la même chose avec son corps.

Et elle avait rendu les armes, de façon lamentable et irréversible. S'asseyant sur le rebord du bassin, elle laissa flotter ses doigts à la surface de l'eau en refoulant ses larmes, tandis que les souvenirs de ce qui s'était passé sur le balcon tournaient en boucle dans son esprit.

Elle revit Malak s'agenouiller devant elle et lui écarter les jambes en lui tenant fermement les hanches. Elle sentit sa bouche la lécher, là où elle brûlait pour lui. À sa grande honte, il lui suffisait d'y repenser pour fondre à nouveau.

Combien de temps resta-t-elle assise là ? Shona n'aurait su le dire. Ce fut une voix bien connue qui la sortit de sa torpeur. Celle de Yadira.

— Madame ? Vous vous sentez bien ?

Quelqu'un l'avait vue, évidemment, et était aussitôt allé informer la fidèle assistante. Impossible de se réfugier où que ce soit. Encore moins de se cacher.

— Oui, très bien, merci, répondit Shona en se redressant.

Elle réussit même à sourire.

— Belle nuit, vous ne trouvez pas ? enchaîna-t-elle en suivant docilement Yadira.

Ce ne fut que lorsqu'elle fut allongée dans l'obscurité de sa chambre, enfin seule et à l'abri de tout regard curieux, que Shona s'autorisa à laisser libre cours à ses larmes. Et qu'elle regarda la vérité en face. Elle avait *désiré* ce qui s'était passé avec Malak, tout comme elle l'avait désiré cinq ans plus tôt. De tout son être. Elle avait aimé chaque caresse de la langue experte, là, à l'endroit le plus intime, le plus sensible et le plus secret de son corps.

Mais ce qui horrifiait le plus Shona, c'était de devoir reconnaître qu'elle désirait l'homme qui causerait immanquablement sa perte, d'une façon ou d'une autre.

Et maintenant qu'il avait découvert sa faiblesse, elle se sentait encore plus vulnérable.

Le lendemain soir, Malak ne fut pas surpris de voir Shona rester assise sur sa chaise après le départ des nounous venues chercher Miles.

— Tu ne reprends pas ton poste habituel ? demanda-t-il en s'adossant aux coussins. J'avoue que je suis déçu d'être privé de mon dessert favori.

— Je préfère rester assise, dit-elle au bout de quelques instants.

Il eut même droit à un sourire forcé.

— Tu es sûre ? J'ai tellement aimé te voir debout devant moi, sur le balcon. Toi aussi, tu as apprécié ces instants, non ?

— Félicitations, répliqua-t-elle en soutenant son regard avec aplomb. Tu as réussi à me faire asseoir. Mais c'est tout ce que tu as gagné.

— C'est *tout* ? répliqua-t-il lentement. En ce qui me concerne, ce charmant intermède m'a beaucoup plu et je suis prêt à renouveler l'expérience…

— Ce n'est que du sexe, l'interrompit-elle. Et cela ne change rien au fait que je ne veuille pas rester ici, ni être ta reine. Ce genre de vie ne m'intéresse absolument pas !

Malak la contempla un long moment en silence. Elle n'était pas vraiment en colère, ce qui l'amena à l'écouter avec un peu plus d'attention que d'habitude. Ou peut-être était-il influencé par le souvenir de cet intermède — en réalité plus torride que charmant — qui avait peuplé ses rêves d'images brûlantes, notamment de l'étreinte qui aurait pu s'ensuivre s'il n'avait pas planté Shona là, sur le balcon.

— Si cela peut t'aider à te sentir mieux, je te rappelle que tu n'es pas la seule à t'être retrouvée dans cette situation malgré toi, dit-il enfin.

À en juger par l'expression neutre qui les accueillit, ses paroles ne lui firent aucun bien. Cependant, elle ne le gratifia pas d'une riposte insolente et demeura immobile en face de lui, assise en tailleur de l'autre côté de la table basse, les mains posées sur les genoux.

Il ne put s'empêcher d'admirer le cou gracieux, le visage aux traits délicats mis en valeur par une coiffure un peu plus sophistiquée que d'ordinaire, la luxuriante chevelure brune étant rassemblée en chignon sur le dessus de la tête, des petites mèches bouclées s'en échappant par-ci par-là.

À dire vrai, Malak trouvait la mère de son fils de plus en plus belle.

— Tu devais bien savoir que tu pourrais devenir roi, non ? demanda-t-elle soudain en fonçant les sourcils.

Et d'un ton accusateur. Comme s'il lui avait menti.

— Non, pas du tout, répondit-il d'un ton détaché.

Sa vie s'était retrouvée chamboulée de fond en comble, bon sang ! Du jour au lendemain !

— C'était mon frère aîné, Zufar, le prince héritier. Depuis sa naissance, il avait été élevé dans le but de succéder à notre père. Ma sœur Galila et moi étions des éléments superflus, en quelque sorte.

Malak ne mentionna pas l'égoïsme de sa mère, la liaison adultérine entretenue avec un étranger. Lui-même n'arrivait pas encore à s'habituer à cette découverte. Sans parler de ce demi-frère, cet Adir qu'il n'avait fait qu'entrevoir et dont il ne savait que penser. En outre, l'existence de ce dernier lui apportait une sorte d'éclaircissement sur sa propre vie. Sa mère avait eu un enfant de l'homme qu'elle aimait, avant de devoir se séparer de son bébé. De son côté, Malak était le fils conçu par devoir — ou dans l'espoir de compenser la perte de l'enfant chéri — et jamais aimé. L'indifférence de la reine Namani à son égard prenait un sens nouveau et des plus douloureux.

Il ne fit pas non plus allusion à la mort de celle-ci, ni au chagrin abyssal de son père qui ne se remettait pas de la perte de sa bien-aimée. Ce père qui avait ignoré ses enfants à cause de son obsession pour son épouse, qui ne l'aimait pas non plus. Elle n'avait sans doute aimé que son amant. Et son fils banni dans le désert où il avait été élevé par des Bédouins.

Le roi Tariq avait abdiqué peu après le décès de sa femme, trop éprouvé par le chagrin pour pouvoir continuer à régner. Zufar avait alors pris le relais, avant d'abdiquer à son tour. Par amour.

Ces choix demeuraient incompréhensibles à Malak, mais peu importait. Il ne s'agissait pas de comprendre. Son rôle consistait uniquement à assumer ses fonctions royales et à accomplir son devoir.

— Ma sœur a eu plus de chance que moi, jusqu'à ce qu'elle grandisse et que ma mère la considère comme une rivale, enchaîna-t-il.

Ça, il pouvait en parler à Shona. De toute façon, elle l'apprendrait tôt ou tard.

— En ce qui me concerne, j'ai toujours été complètement ignoré. Ce qui me convenait parfaitement, d'ailleurs. Je me suis toujours gardé de participer aux errements de ma famille et n'ai jamais souhaité non plus me rapprocher du pouvoir.

Il se força à sourire et fit un geste de la main embrassant le palais, le royaume.

— Et pourtant, j'ai fini par m'y retrouver impliqué malgré moi.

— En tant que cadet, tu devais bien t'attendre à l'être un jour ou l'autre.

— Oui, bien sûr. En théorie. Mais personne n'aurait pu prévoir que mon frère allait abdiquer. Lui moins que tout autre.

— Pourquoi l'a-t-il fait ?

— Il semble que l'amour soit fatal aux hommes de ma famille, dit Malak en plissant les yeux.

Shona le regarda un instant en silence.

Sauf à toi.

C'était ce qu'elle pensait, il l'aurait juré.

— Je crois au sexe, Shona, reprit-il. Cela ne change peut-être rien, comme tu l'as dit tout à l'heure, mais c'est mon opinion. Je crois au plaisir charnel, aux nuits brûlantes, à la volupté qui vous chavire jusqu'à l'âme. Mais pour moi, ça s'arrête là. Le sexe et rien que le sexe. Sans s'égarer à imaginer qu'il puisse signifier autre chose que cela : du sexe.

— Bien sûr que tu crois au sexe et pas à l'amour ! s'exclama-t-elle en levant les yeux au ciel.

Apparemment, c'était évident pour Shona et elle le trouvait stupide de le préciser. Malak eut du mal à ne pas réagir à ce qu'il considérait comme une nouvelle insulte.

— N'est-ce pas ce qui caractérise les hommes comme toi ? ajouta-t-elle.

— Je te demande pardon ? Il existe des hommes comme moi ? J'en doute.

— Il y en a partout, tu n'as qu'à regarder autour de toi. Même si leur royaume se limite à une chambre, ils y règnent en maître sans se préoccuper d'amour — crois-moi, je sais de quoi je parle.

Malak éclata de rire. C'était cela ou la rejoindre et la soulever dans ses bras.

— La différence entre cette multitude d'hommes que tu sembles avoir fréquentés de près et moi — en dehors du fait que je règne sur un pays entier et non sur quelques meubles —, c'est que je me connais moi-même.

D'autre part, il avait eu tout le loisir d'observer quelques-uns de ses pairs. À commencer par son père, détruit par l'amour. Le naufrage du couple royal avait marqué Malak à vie. Jamais il ne se laisserait entraîner dans cette spirale infernale. Jamais il ne se laisserait aveugler par la passion.

Cependant, il n'était pas fermé à toute forme d'amour. Il aimait sa famille, son pays. Et il pressentait que l'émotion puissante ressentie dès l'instant où il avait aperçu Miles, son fils, était aussi de l'amour, lequel ne faisait que croître à chaque fois qu'il passait du temps avec le petit garçon.

Mais Malak n'avait pas l'intention de suivre la voie de son père et de tomber dans un gouffre sans fond à cause d'une femme.

Il n'avait jamais pensé lui succéder, ni à son frère, mais maintenant qu'il régnait, il était bien résolu à ne pas commettre les mêmes erreurs qu'eux.

— Si tu le dis, répliqua Shona avec un calme inattendu qui surprit Malak.

— Non seulement je me connais, mais je *te* connais.

La phrase avait jailli malgré lui, parce que soudain, il se sentait désarçonné et ne pouvait se le permettre.

Une fois encore, elle le surprit. Au lieu de réfuter ses paroles avec l'une de ces répliques bien senties dont elle semblait avoir une réserve inépuisable, elle déclara avec le même calme :

— Tu ne sais rien de moi. Dieu merci.

Malak se ressaisit. Il en était grand temps.

— Tu te trompes, Shona. Crois-tu que je choisirais n'importe qui pour compagne ? Que j'épouserais une femme sans avoir épluché sa vie dans les moindres détails ?

— Oui. Si elle avait eu la malchance de porter ton enfant, n'importe quelle femme ferait l'affaire.

Le ton avec lequel elle avait prononcé ces mots déplut à Malak. D'autant plus qu'elle avait raison.

Sans savoir pourquoi, il ressentit alors le besoin de prouver quelque chose. Ou plutôt, de reprendre le contrôle de la discussion. Ce qui le perturba, parce que cela signifiait qu'il l'avait perdu.

— J'en sais davantage sur toi que tu ne peux l'imaginer, Shona. Je sais entre autres que tu as passé ton enfance et ton adolescence dans diverses familles d'accueil.

— Ce n'est pas vraiment un secret. Je ne l'ai jamais caché.

— Je suppose que ton obstination téméraire et ton besoin obsessionnel d'indépendance viennent de là ?

— Ou du fait que je suis devenue adulte, tout simplement. Et que, comme la plupart des gens, je n'aime pas être tyrannisée par des hommes qui…

— Oui, ces hommes que tu connais si bien, coupa Malak. Tu as beaucoup d'expérience en la matière, n'est-ce pas ? Et pourtant, mes enquêteurs n'ont trouvé aucune trace de petit ami ou d'amant dans ta vie.

Il sourit avant d'ajouter :

— Excepté moi, naturellement.

L'espace d'un instant, elle le dévisagea en silence.

— Cela te donne l'impression d'être spécial ?

Sans attendre sa réponse, elle éclata de rire. D'un rire qui lui aussi déplut à Malak. D'autant plus qu'elle continuait à rire comme s'il avait dit une bonne plaisanterie.

— Je me suis retrouvée avec un bébé, Malak. Et pas dans un cadre comme celui-ci. Je n'avais ni nounous ni assistantes pour me donner un coup de main ou des conseils. Alors, même si j'avais eu envie de sortir avec quelqu'un, je n'en aurais pas eu le temps. Ni l'énergie, je t'assure !

Elle le regarda en secouant la tête.

— Et puis, tomber enceinte après une aventure d'une nuit et devoir gérer la situation toute seule, ce n'est pas facile, crois-moi. Pourquoi aurais-je eu envie de renouveler l'expérience ?

— C'est bien ce que je pensais, répliqua Malak au bout d'un instant. Notamment hier soir. Tu ne sais pas.

— Pardon ? Qu'est-ce que je ne sais pas ? demanda-t-elle d'une voix moins assurée.

Malak songea au goût de sa bouche, de sa peau, de son sexe. À son parfum de femme. À cette douceur qui n'appartenait qu'à elle et qu'il désirait au-delà de toute raison, de toute prudence.

— Tu ne sais pas que c'est inhabituel, ce qui vibre entre nous. Tu crois que cela arrive tout le temps.

Elle éclata à nouveau de rire, mais ce rire était moins spontané, presque forcé.

— J'aurais plutôt cru que pour toi, c'était tout le contraire — que tu vivais cela tout le temps, justement !

— Du sexe, Shona. Le sexe, c'est simple, banal. Mais ceci ?

Se penchant en avant, il tendit la main par-dessus la table, vit Shona tressaillir, prête à bondir. Mais elle se contraignit à rester immobile et le laissa lui prendre la main.

— *Ceci*, murmura-t-il tandis qu'un courant brûlant circulait entre eux. Cette alchimie, cette incandescence. Ce n'est pas du tout *habituel*, ma farouche petite reine.

Le regard noisette s'assombrit, mais les beaux reflets mordorés couvaient dans ses profondeurs.

— Fais attention, dit-elle tranquillement. Sinon, je

pourrais penser que tu es en train de tomber amoureux… Et tu n'apprécierais pas du tout, n'est-ce pas ? Surtout après la déclaration que tu viens de faire…

Elle inclina la tête sur le côté.

— … Mon arrogant petit roi.

Chacune de ses paroles insupportait Malak. Le manque de respect dont Shona avait fait sa spécialité était intolérable. Mais il aurait préféré mourir plutôt que de le lui montrer.

— Ne t'inquiète pas pour moi, répliqua-t-il avec calme. C'est de *toi* dont tu devrais te soucier.

— Ah oui, et pourquoi donc ? répliqua-t-elle en haussant les sourcils.

— Je te veux dans mon lit, Shona.

Un éclat brûlant traversa fugacement son regard, mais elle redressa le menton de cet air sauvage qu'il aimait tant.

— Je suis las de ce petit jeu, poursuivit Malak. Il n'y a aucune échappatoire, nous sommes obligés de nous marier, je n'y peux rien. Mais ce que je ne comprends pas, c'est pourquoi tu résistes à ton désir alors que tu sais que nous nous entendons à merveille sur ce plan-là.

— Tu parles de sexe, rétorqua-t-elle vivement. Pas de mariage.

Sentant qu'elle cherchait à dégager sa main, il resserra les doigts autour des siens.

— C'est la meilleure partie d'un mariage. Et la seule qui m'intéresse, pour être franc.

— Le mariage, c'est davantage que des *intermèdes charmants* sur un balcon, pour reprendre ton expression, affirma-t-elle avec force.

Cette fois, quand elle essaya de se libérer, il la laissa faire.

— C'est partager sa vie avec quelqu'un, pas menacer l'autre en se servant de l'enfant conçu avec lui ou elle. Ce n'est pas non plus se livrer bataille pour obtenir la garde de cet enfant, ou aller jusqu'à la tentative d'enlèvement. Un mariage, c'est un partenariat.

— Que sais-tu du mariage, Shona ? demanda-t-il avec un lent sourire.

— Rien ! lui lança-t-elle à la hâte. Rien du tout, sauf que je ne veux pas t'épouser, point final !

Malak la regarda se lever, l'air paniqué, puis se diriger vers la porte.

Il ne fit rien pour la retenir. Ce n'était pas la peine : il avait gagné.

7.

Quelques jours plus tard, alors que Shona s'apprêtait à rejoindre son professeur d'arabe, Yadira lui demanda de la suivre, se bornant à lui dire qu'elle devait regagner sa suite.

— Que se passe-t-il ? répliqua Shona d'un ton pince-sans-rire. Aurais-je enfin le droit de faire une petite sieste entre ces cours aussi épuisants que fastidieux ?

Yadira lui sourit de son habituel air docile et respectueux. Moins le personnel semblait trouver son comportement amusant, et plus Shona s'évertuait à faire tout le contraire de ce que l'on attendait d'elle.

À tel point qu'elle commençait à se croire naturellement perverse. Ou franchement *débile*, comme on le lui avait souvent dit dans les familles d'accueil où elle avait grandi.

— Je vous ai préparé des vêtements, madame, dit Yadira avec calme.

— Comme vous pouvez le constater, je suis déjà habillée.

— En effet. Mais le roi a demandé que vous portiez la tenue que j'ai préparée pour vous.

— Ne demande-t-il pas la même chose chaque matin ? répliqua Shona.

Elle regarda la jeune femme avec attention.

— C'était vous, depuis le début ?

— Shona.

Inutile de se retourner pour voir à qui appartenait cette

voix basse et profonde. Elle l'aurait reconnue n'importe où. Ce timbre unique qui résonnait dans ses rêves chaque nuit, même si elle prétendait le contraire en se réveillant le cœur battant, le corps moite et frémissant.

Cependant, Shona ne l'avait encore jamais entendue là, dans son appartement, que, peut-être stupidement, elle commençait à considérer comme son refuge. Le seul endroit du palais où elle pouvait échapper, ne serait-ce qu'un peu, à cette vie absurde dans laquelle on l'avait forcée à entrer.

Là, au moins, Malak ne venait pas l'importuner. Enfin, pas jusqu'à présent.

— Quelle surprise, dit-elle en continuant de fixer Yadira. Je croyais me trouver dans mon appartement privé.

— Lequel est situé dans mon palais.

Shona ne voulait pas le regarder, mais encore moins lui donner l'impression qu'elle craignait de l'affronter. Surtout en présence de Yadira. Aussi se retourna-t-elle vers lui.

— Pardonne-moi, répliqua-t-elle, fière que sa voix ne tremble pas. Je me suis habituée à te voir au moment du dîner, mais pas ici, comprends-tu ? Alors, je ne peux pas m'empêcher d'être… inquiète.

— Tu n'as pas à t'inquiéter.

— Et si j'étais vraiment inquiète, tu crois qu'il suffirait que tu affirmes le contraire pour me rassurer ?

Les yeux verts étincelèrent, mais Malak ignora la provocation.

— Une petite cérémonie va avoir lieu et ta présence y est indispensable. Des journalistes et des photographes y assisteront également. Par conséquent, tu dois porter une tenue seyant à ta position. Inutile de protester : je *l'exige.*

— Je pensais que nous avions déjà parlé de tes exigences.

— Cette fois, il ne s'agit pas de moi seul, mais de tout le royaume. Par conséquent, je crains que tu n'aies pas le choix.

La dureté de son regard déstabilisa Shona. Elle tourna les yeux vers Yadira, puis de nouveau vers Malak, sans parvenir à déchiffrer l'expression de leurs deux visages.

— Tu es venu me forcer à porter un horrible costume ?

— Je n'aime pas ce terme. Ne suis-je pas le roi de Khalia ? Je n'ai nul besoin de m'abaisser à recourir à la *force*. Il suffit que je donne un ordre ou émette un souhait pour que ma volonté soit accomplie.

— Nous avons déjà parlé de cela aussi. Tu n'es pas *mon* roi.

Elle entendit le halètement choqué de Yadira, mais ce qui la dérangeait le plus, c'était d'éprouver un sentiment de honte. Et le fait que Malak continue de la regarder avec calme renforçait ce sentiment, sans qu'elle comprenne pourquoi.

— Ces petites joutes verbales sont toujours un plaisir, Shona, surtout lorsque je suis assuré d'avoir le dernier mot.

Il n'avait pas du tout l'air d'éprouver du plaisir. Ni d'être offensé, d'ailleurs.

— Mais aujourd'hui, nous n'avons malheureusement pas le temps de nous y adonner, poursuivit-il. Et cette fois, tu vas vraiment devoir renoncer à ces étranges tenues que tu sembles affectionner. Et à cette attitude rebelle à laquelle tu tiens manifestement comme à la prunelle de tes yeux.

— Il est hors de…

— Shona.

Ce fut comme s'il avait appuyé sur un interrupteur. Shona le sentit à son regard, le perçut dans sa voix. Troublée, elle redressa les épaules malgré elle.

— Il ne s'agit pas de toi. Ni de te battre contre moi ainsi que tu t'évertues à le faire. Il s'agit de Miles.

Un frisson la parcourut.

— Miles se fiche de la façon dont je m'habille.

— Je suis certain du contraire, répliqua Malak, toujours avec calme. Mais là n'est pas la question. Il s'agit de mon couronnement officiel ; Miles sera présenté comme mon fils et le prince héritier de Khalia. Ce sera sa première apparition publique, l'événement sera filmé et retransmis dans le monde entier. Tu veux vraiment que tous les regards soient concentrés sur toi et ta tenue inappropriée ? C'est l'image que tu veux voir associée à tout jamais à celle de ton fils ? Tu sais combien les premières impressions sont marquantes, non ?

Le cœur de Shona se serra douloureusement. Malak l'accusait de négliger son enfant, en quelque sorte, alors qu'au départ, elle n'avait jamais désiré venir à Khalia. Elle n'avait jamais rien voulu de tout cela. Ni pour elle ni pour Miles.

— Je n'ai pas donné mon accord. Tu ne m'as pas demandé si je voulais que Miles parade devant…

— J'ai reporté la cérémonie plusieurs fois mais cela ne peut plus attendre, l'interrompit Malak de ce ton implacable qui ulcérait Shona. Miles est heureux au palais. Je ne doute pas un seul instant qu'il vivra cet événement comme l'une de ses nouvelles aventures qu'il découvre chaque jour. Le problème, ce n'est pas lui, Shona. C'est toi.

La honte ressentie un peu plus tôt rejaillit, plus vivace encore. Plus profonde et plus cuisante. Shona se força à contrôler sa respiration, stupéfaite de se laisser atteindre par ce qui n'était au fond qu'un banal incident. Elle aurait dû s'en ficher. Ne pas frémir à la pensée que Miles puisse être incommodé par la tenue vestimentaire de sa mère.

Mais il s'agissait de lui, en effet. De son futur, de ses perspectives d'avenir. Et le fait de le reconnaître redoubla la souffrance de Shona. En outre, Malak avait raison : leur fils était heureux à Khalia et non seulement il s'était habitué sans problème à sa nouvelle vie, mais il l'aimait.

— Très bien, présente Miles comme ton prince héritier, dit-elle posément. Mais tu n'as pas besoin de moi pour cela, par conséquent, ce que je porte n'a aucune importance.

Malak haussa un sourcil à l'adresse de Yadira qui s'éclipsa aussitôt. Puis il reporta son attention sur Shona et la toisa d'un air impérieux.

— Je me suis montré très patient avec toi, commença-t-il, le regard étincelant de colère contenue. Si tu le souhaites, tu peux contester mes moindres paroles chaque soir lorsque nous nous trouvons dans mes appartements privés. Je n'y vois aucun inconvénient. Peut-être même en ai-je besoin, puisque c'est la seule réminiscence de la vie insouciante à laquelle je n'aurai plus jamais accès.

Soudain, il parut encore plus grand à Shona, plus intimidant.

— Mais manifestement, je t'ai laissée vivre en dehors de la réalité trop longtemps. Ce que je te demande est-il si contraignant, Shona ? Est-ce porter atteinte à ta liberté ? Tu ne peux nier que la mère du prince héritier de Khalia doive avoir une certaine allure, respecter certaines règles, notamment dans son comportement. Il ne s'agit pas de t'enfermer dans une norme ou de t'imposer un carcan, mais de *le* protéger. Je commence à croire que ton problème, ce n'est pas que tu ne t'en rendes pas compte, mais que tu refuses de l'admettre.

— Miles se fiche de la façon dont je m'habille, répéta-t-elle farouchement. Ce que je porte n'a absolument rien à voir avec lui ou avec le rôle que tu veux lui faire jouer.

— J'aimerais bien qu'il en soit ainsi, répliqua Malak d'une voix glaciale. C'est peut-être vrai là d'où tu viens, mais nous sommes à Khalia. Les membres de la famille royale ne peuvent s'afficher publiquement habillés n'importe comment ni se conduire comme des gens ordinaires, que cela te plaise ou non. De mon côté, j'ai passé ma vie à ne pas respecter ces règles. J'étais le prince play-boy, je me fichais du qu'en-dira-t-on et tout le monde raffolait des scandales liés à mon nom, à ma personne. J'adorais faire la une des tabloïds et choquer les gens respectables : je n'avais aucun effort à faire, il me suffisait de vivre comme je l'entendais.

Mon existence tournait autour d'un seul axe : le plaisir, parce que je savais que je n'aurais jamais à monter sur le trône. Mais maintenant, je suis roi.

— Toutes mes condoléances, dit Shona, les mâchoires serrées.

— Mon accession au pouvoir signifie hélas que tout ce qui touche à ma personne, tout ce qui se déroule au palais, doit être d'une perfection absolue pour compenser mes errements passés.

— À t'entendre, on croirait que tu penses que ta vie et tes problèmes me concernent, répliqua-t-elle d'une voix tendue.

— Que veux-tu, Shona ? demanda alors Malak avec la même froideur.

Mais une lueur brûlante brillait au fond de ses yeux verts.

— Tu ne veux pas être reine. Tu ne veux suivre aucun cours alors que tu as à ta disposition des gens qualifiés qui ne demandent qu'à t'aider à t'installer dans ton nouveau rôle. Tu préfères te balader dans le palais en décochant des regards hautains à tous ceux que tu croises en chemin, histoire de bien leur faire comprendre que tu n'es pas à ta place ici et ne le seras jamais, c'est cela ? C'est vraiment ce que tu désires ? Parce que si c'est le cas, tu es bien partie pour atteindre ton but.

Malak avait décrit son comportement de façon si exacte que Shona en fut blessée. Mais ce qui l'ébranlait encore plus, c'était que cette description s'appliquait également à celui qu'elle avait adopté dans chacune des familles d'accueil où elle avait été placée.

Rien n'avait-il changé ? Cela faisait maintenant huit ans qu'elle était sortie du système et elle était mère depuis quatre. N'avait-elle rien appris durant toutes ces années ? Était-elle restée l'adolescente renfrognée qui, consciente qu'à son âge, personne ne l'adopterait, repoussait tout le monde avant d'être rejetée elle-même ? Ou, pire, maltraitée ?

Se sentant menacée dans son équilibre même, dans ses fondements, Shona eut envie de se jeter sur l'homme qui se tenait devant elle et possédait le pouvoir de la déstabiliser aussi facilement. Comme il l'avait fait sur son balcon. Ou lorsqu'elle était assise à sa table. Ou encore maintenant.

D'un autre côté, elle était tentée de reconnaître qu'il avait raison. Il lui faudrait se conduire en adulte après s'être tant battue pour en devenir une et cesser d'être transbahutée de famille en famille, où personne ne se souciait jamais d'elle. Mais elle ne pouvait renoncer à la seule arme qu'elle eût jamais possédée, même si à chaque fois qu'elle s'en servait, elle ne faisait que se blesser elle-même.

Elle ne savait pas comment enrayer le processus.

— Depuis l'instant où tu es entré dans ce restaurant de La Nouvelle-Orléans, il ne s'agit que de toi, dit Shona en le regardant droit dans les yeux. Tout tourne autour de toi, *ta* vie, *ton* royaume, *ton* trône. *Ton* fils. Toi, toi, toi, toujours toi. Et je comprends, tu es le roi, comme tu ne manques pas une occasion de me le rappeler.

Se posant la main sur le cœur, elle appuya, très fort.

— Mais j'ai ma vie à moi. Et tu sais quoi ? J'ai des rêves personnels. Des espoirs. Des…

— Fantastique, coupa-t-il de cette même voix glaciale et dure.

Il s'avança vers elle. Il la dominait, mais elle ne se sentit pas intimidée. Elle… fondit. Tout entière.

— Parle-moi de tes rêves, Shona. Je ferai en sorte qu'ils se concrétisent. C'est mon rôle.

— Je veux être libre !

Un son étrange franchit les lèvres de Malak. Une sorte de rire étranglé, dénué de toute gaieté, de tout humour.

— Qu'est-ce que cela signifie pour toi, exactement ? demanda-t-il. Tu répètes ce mot à longueur de temps, mais dis-moi, que ferais-tu si tu jouissais de cette liberté dont tu nous rebats les oreilles ?

Shona le foudroya du regard.

— Je vivrais ma vie, sans avoir à supporter tous ces commentaires stupides concernant ma façon de m'habiller, par exemple.

Au lieu de la suivre sur ce terrain-là, Malak répliqua :

— Retournerais-tu dans ce restaurant de La Nouvelle-Orléans ? Reprendrais-tu tes deux boulots sous-payés qui ne te permettaient même pas de tenir jusqu'à la fin du mois ? Ces quatre dernières années, tu étais libre de réaliser tes rêves : qu'as-tu fait de cette liberté ?

Shona tressaillit.

— J'ai élevé ton prince héritier. Tu ne me dois aucun remerciement, au fait.

— Et quoi d'autre ?

Une expression indéchiffrable passa sur les traits de Malak.

— Ce n'est pas un test, mais une vraie question, reprit-il. Cela fera bientôt un mois que tu es arrivée ici et durant tout ce temps, tu m'as parlé uniquement de ce que tu n'étais *pas* ou ne voulais *pas*. Mais que *veux*-tu, Shona ? Dis-le-moi, je suis tout ouïe.

Sa question lui fit l'effet d'une gifle. D'un coup de poing en plein cœur. Mais elle l'encaissa sans broncher.

— Je n'ai pas de comptes à te rendre.

— Tu es si obsédée par ce qui, d'après toi, t'a été pris, que tu ne vois même pas ce qui t'est offert, répliqua-t-il en secouant la tête. Tu préfères considérer ce palais comme une prison plutôt que d'explorer toutes les perspectives qui s'ouvrent à toi.

— Quelles perspectives ? Celle de partager ton lit ? riposta-t-elle d'un ton dédaigneux. J'ai eu tout le loisir de l'explorer cette nuit-là, dans la chambre de ta luxueuse suite avec terrasse.

— Des perspectives sur le monde, Shona. Sur tout ce que tu aimes.

Quand il se passa la main sur le visage, son geste sidéra Shona. De toute évidence, il était à bout de patience et d'arguments face à elle. Cependant, le fait de détenir ce pouvoir ne lui procura aucun plaisir.

— Mon fils a la chance de faire partie des individus les plus fortunés de la planète. Comme moi. Par conséquent, il est inconcevable que je laisse la mère de cet enfant vivre dans la misère. Ta vie a été difficile, je sais. Et je t'admire d'avoir réussi à te débrouiller envers et contre tout. Mais ces difficultés appartiennent désormais au passé. Tu es la seule à ne pas t'en rendre compte, apparemment.

Elle avait du mal à respirer.

— Ne comprends-tu pas ? poursuivit Malak. Tu es mienne, à présent. Aussi n'y a-t-il plus aucun obstacle entre toi et tes désirs. Tu peux faire tout ce que tu veux.

— Sauf franchir les limites établies par toi.

Cette fois, un sourire triste se dessina sur la belle bouche sensuelle.

— C'est donc ce que tu penses de moi. À tes yeux, je ne suis qu'une sorte de geôlier.

Non, évidemment. Mais elle aurait détesté l'admettre. Ou reconnaître qu'elle aurait aimé tendre la main vers lui. S'excuser d'avoir prononcé de telles paroles. Le réconforter d'une façon ou d'une autre.

Au lieu de cela, Shona garda le silence, tandis qu'il continuait de la dévisager de ce même air sombre.

— Si tu veux continuer à vivre dans une cage, cela ne regarde que toi, dit-il lentement. Mais j'ose espérer que tu as de meilleurs espoirs pour ton enfant. Il mérite mieux, tu ne crois pas ?

Sans attendre sa réponse, il fit un léger signe de tête en direction de la porte et Yadira réapparut aussitôt.

— Venez, madame, proposa celle-ci avec son éternelle patience. Nous pouvons au moins essayer les vêtements que je vous ai préparés, n'est-ce pas ?

Comme si elle s'adressait à une enfant récalcitrante. La gamine intraitable que Shona elle-même n'arrivait plus à supporter.

Lorsque Yadira lui prit doucement le coude, elle se laissa entraîner docilement vers la porte, tout en gardant le regard rivé à celui de Malak jusqu'au tout dernier moment.

Elle ne pouvait prononcer un mot. Elle avait l'impression presque physique qu'il lui avait posé la main sur les lèvres.

Et, sensation plus effrayante encore, qu'il avait refermé l'autre autour de son cœur.

8.

La cérémonie se déroula sans incident. Malak assumant déjà ses fonctions royales depuis plusieurs mois, il avait opté pour un couronnement officiel en petit comité. Mais comme il s'agissait d'un événement important pour le royaume, il avait fait en sorte que tout se passe dans le respect des traditions.

La désignation de son héritier représenta un moment particulièrement émouvant — même les ministres les plus austères parurent attendris par le petit visage sérieux de Miles. Comme Malak, il portait la tenue traditionnelle de Khalia, et regardait son père avec un mélange d'adoration et de respect emplissant ses yeux verts semblables aux siens.

Tout se passa exactement comme Malak l'avait prévu. Sauf en ce qui concernait Shona.

En vérité, il n'avait pas aimé l'air ébranlé avec lequel elle avait suivi docilement Yadira. Il la préférait vive et farouche. Aussi s'était-il reproché ses propres contradictions : ne venait-il pas de multiplier les efforts pour tenter de la faire plier un tant soit peu ?

Une demi-heure plus tard, elle était réapparue, habillée comme il convenait à sa position.

Enfin.

À ce moment-là, Malak avait oublié comment il la préférait. Parce qu'après tout, il n'était qu'un homme. Et Shona était si belle qu'il en avait eu le souffle coupé.

Il s'était donné beaucoup de mal pour trouver la robe

qui réunirait chic occidental et simplicité — celle que son peuple attendait de la femme ayant déjà donné un fils à son roi et qui prendrait bientôt sa place à son côté.

Or la vision qui s'offrait à ses yeux dépassait toutes ses espérances.

Shona avait toujours été belle, mais il ne s'était jamais rendu compte qu'elle cherchait à tout prix à camoufler sa beauté naturelle derrière son éternelle attitude distante. Sa dureté. Son refus de capituler, son obstination à ne jamais céder, à rien ni personne. Cela ne se traduisait pas uniquement dans sa façon de s'habiller mais aussi dans sa manière de se tenir.

Comme si elle défiait tout homme, lui compris, de la trouver belle et aimable alors qu'elle pouvait être une vraie plaie.

En fait, cette robe mettait en valeur un autre aspect de sa personnalité. Elle révélait une Shona inconnue, aussi douce qu'elle pouvait être déterminée. Ne dissimulant plus sa beauté stupéfiante mais l'assumant enfin.

— Tu es satisfait ? lui avait-elle demandé après s'être immobilisée à deux mètres de lui.

Sa magnifique chevelure formait un halo sombre autour de son visage tandis que ses yeux noisette fouillaient les siens. En d'autres circonstances, Malak y aurait vu du défi, mais pas ce jour-là.

— Je suis entièrement satisfait, avait-il acquiescé avec calme.

Alors qu'il avait beaucoup de mal à ne pas tendre la main vers elle. À ne pas la soulever dans ses bras pour l'emporter dans sa chambre et savourer cette nouvelle version de Shona, avec sa bouche, ses mains, tout son corps.

À ne pas l'appeler par le titre qui était le sien : sa reine.

Soudain, après une légère hésitation, c'était elle qui s'était rapprochée de lui et lui avait pris le bras, avant de se laisser conduire vers la salle du couronnement.

— Ton seul rôle consistera à te tenir au côté de Miles,

de sourire un peu et d'avoir l'air raisonnablement contente de participer à un événement aussi important. Tu peux le faire ? avait-il demandé, tandis qu'ils traversaient les longs couloirs du palais.

Lui songeait à son propre rôle. Il devrait trouver *sa* façon de gouverner afin de naviguer entre tradition et modernité, les conjuguer, de manière à respecter l'héritage transmis par ses ancêtres tout en favorisant le progrès dont le royaume avait besoin pour avancer.

À vrai dire, Malak se sentait presque… mal à l'aise de comprendre qu'il ne pouvait plus concevoir de régner sans Shona. Depuis quand ? Ils avaient été réunis par la nécessité, à cause d'une erreur survenue cinq ans plus tôt — situation forcée qu'il aurait dû détester. Il l'avait *haïe*, à un moment donné.

Alors, pourquoi ce changement ? Pourquoi ne pouvait-il plus qualifier de *détestable* ou de *haïssable* la situation dans laquelle il se retrouvait coincé avec cette femme ?

Une chose était certaine : il ne laisserait pas l'ancienne haine se muer en un sentiment plus sournois, plus dangereux.

— Je ferai de mon mieux, avait répondu Shona.

Après s'être tournée brièvement vers lui, la tête haute, le dos bien droit — apparemment, elle avait tout de même retenu quelque chose de ses leçons de maintien… —, elle avait ajouté :

— Pour Miles.

Impossible de lui reprocher de se servir de leur fils puisque de son côté, il avait fait la même chose. Cependant, la précision avait irrité Malak. Parce qu'au fond, il ne pouvait nier que Miles ne représentait qu'une partie du lien qui les unissait désormais, Shona et lui.

Après les déclarations officielles, il n'avait prêté qu'une légère attention aux habituelles rivalités politiques et à l'ambition non dissimulée de certains ministres et autres dignitaires. Parce qu'il était trop occupé à observer Shona.

Un demi-sourire aux lèvres, elle se tenait derrière Miles

et le contemplait de son air fier et farouche. Et le plus étrange, c'était que Malak non seulement comprenait ce sentiment, mais il le partageait. Pour la première fois, il était pleinement conscient du fait que tous deux étaient les parents de Miles. Et ce constat lui nouait la poitrine.

Le simple fait de se trouver là ensemble, tous les trois, l'atteignait dans une partie de lui-même inconnue jusque-là. Il avait refusé de l'admettre durant leurs dîners, mais à présent, il se sentait habité par une force puissante et incontrôlable. Et si intense qu'il dut se concentrer sur sa respiration pour ne pas se laisser submerger par la sensation.

Il imagina la vision qu'ils offraient au royaume, au monde entier. Lui et Shona avec Miles entre eux. L'image d'une famille heureuse, ce que Malak n'avait jamais connu. À laquelle il n'avait jamais cru.

Ils formaient un ensemble parfait.

Lorsque les nounous vinrent chercher Miles, Shona s'apprêta à les suivre, mais il l'arrêta.

— Je pensais que je…

— Que tu devais rester auprès de ton seigneur et maître ?

Il sourit en voyant le beau visage ovale se figer.

— Excellente idée, enchaîna-t-il.

Au lieu de protester comme elle l'aurait fait la veille encore, quitte à provoquer un scandale, Shona hocha imperceptiblement la tête et demeura à ses côtés, digne et souriant quand il le fallait, tandis que lui s'entretenait avec l'un ou l'autre.

Il avait remporté une nouvelle victoire, comprit Malak, gagné par un sentiment de triomphe.

— Tes ministres n'ont pas dû apprécier, dit-elle quand ils se retrouvèrent seuls.

Les derniers invités étant partis, Malak desserra sa cravate de soie bleue. Après la cérémonie, il avait quitté la tenue traditionnelle pour passer un élégant costume gris perle et une chemise de soie blanche confectionnés pour l'occasion par son tailleur attitré.

— Si tu fais allusion à ma tenue, plus appropriée à un roi occidental qu'au cheikh que je suis viscéralement, les plaintes n'ont pas manqué, en effet.

Il se tourna vers elle.

— Mais je ne les ai pas écoutées, comme tu peux le constater.

— Qu'est-ce qu'elle a de choquant, ta tenue ? demanda-t-elle en haussant les sourcils.

Puis elle rosit, comme si sa question en révélait plus qu'elle ne l'avait souhaité.

Malak ne tenta pas de dissimuler son sourire.

— Rien, si je venais d'avoir été couronné roi dans un pays d'Europe. Tu n'as pas entendu les questions de ce journaliste ?

Elle le dévisagea un instant en silence, l'air un peu désarçonné.

— Par moments, j'avais du mal à suivre la conversation, dit-elle enfin. Surtout lorsqu'il y avait plusieurs personnes : le journaliste, l'interprète, toi…

— C'est pour cela que tu devrais apprendre l'arabe, répliqua-t-il doucement.

Les yeux de Shona étincelèrent.

— Cela réduirait les bavardages, enchaîna-t-il en souriant. Hélas, l'enseignante embauchée spécialement pour toi m'a dit que tu n'avais toujours pas…

— Tu as déjà exprimé ton avis sur la question, coupa-t-elle d'un ton sec. Inutile de me le rabâcher sans arrêt. Et, non, je n'ai pas entendu l'interprète t'interroger à propos de ta tenue.

— Certains considèrent qu'en me changeant après la cérémonie officielle et en choisissant le costume pour la réception, j'ai trahi mes intentions. Parce que j'ai effectivement l'intention de créer un pont entre l'ancien et le nouveau monde, et de régner en monarque progressiste.

— Progressiste ? répéta-t-elle d'un ton incrédule. Toi ?

— Oui, moi. Dans certaines régions reculées du royaume, rien n'a changé depuis le XIIe siècle. Il est grand temps que ces villages sortent du Moyen Âge et entrent dans la modernité.

— Sans doute, mais... *progressiste* ? insista-t-elle avec ce qui ressemblait fort à un petit rire étouffé. Ce n'est vraiment pas un qualificatif que je t'aurais attribué.

— Mes choix politiques sont considérés comme *ultra* progressistes, répliqua Malak. Ici, en tout cas, à Khalia, où je suis réputé pour avoir mené une vie dissolue durant une dizaine d'années, m'adonnant aux plaisirs les plus scabreux dans les capitales occidentales, avec des créatures aussi dépravées que moi-même.

— Oui, bien sûr. De la même façon que tu es réputé pour ta conception ultra-libérale du mariage, j'imagine...

— Tu vois ? murmura-t-il. Tu peux aussi bien me tenir tête habillée convenablement...

L'espace d'un bref instant, elle eut de nouveau l'air ébranlé, avant de se ressaisir aussitôt.

— Pour toi, c'est facile de dire ce genre de chose, répliqua-t-elle d'une voix douce. Tu n'as rien à perdre.

Quand elle se détourna et se dirigea vers la porte, Malak faillit la laisser partir. Mais il fut frappé par la raideur de sa démarche, la crispation des belles épaules rondes. Soudain, il se surprit à se demander si...

Ce n'était pas dans ses habitudes de s'interroger ainsi. Il n'avait jamais été porté sur les supputations. Il ne faisait pas non plus dans les sensations. Il jetait son dévolu et prenait. Ses conquêtes étaient légendaires.

Et Shona n'était jamais que l'une d'entre elles.

Il la rattrapa néanmoins dans la cour carrée au milieu de laquelle se dressait un ensemble de trois fontaines. Autour des gracieuses colonnes s'élevant sur le pourtour de l'espace, des rameaux vert sombre s'entrelaçaient, parmi lesquels ressortait le rouge magenta des fleurs s'épanouissant çà et là.

Cela faisait si longtemps qu'il ne l'avait touchée. Trop longtemps. Une éternité.

Malak tendit la main et lui saisit le poignet, la forçant à se retourner vers lui. Doucement. Inexorablement. Sans qu'elle ne résiste, pivotant sur elle-même comme dans une sorte de danse dont tous deux connaissaient les pas.

— Que crois-tu avoir à perdre, Shona ?

Sa voix avait résonné étrangement. Sourde, un peu rauque.

Le regard de Shona rencontra le sien. Elle déglutit. Sous ses doigts, le pouls battait à un rythme saccadé. Il s'attendait à ce qu'elle dégage son poignet, mais elle n'en fit rien.

Au lieu de cela, elle tourna la tête vers le mur tapissé d'une mosaïque de miroirs qui renvoyait leur reflet, avec la cour carrée et les fontaines en arrière-plan.

— Regarde, chuchota-t-elle. Tu ressembles à un roi. Tu es chez toi, ici. Dans ton univers. Avec ces fontaines, ces joyaux, le trône et une armée de gens à ta disposition, prêts à obéir à tes ordres sans poser de questions. Mais moi, je ressemble à ce que je suis : une gosse ayant grandi dans des familles d'accueil qui joue à se déguiser.

Ces paroles lui firent mal. Il eut l'impression qu'une main inconnue se refermait sur son cœur et le serrait à le broyer.

— Tu ressembles à la belle femme que tu es, Shona.

— Arrête, s'il te plaît.

Elle ne l'avait pas dit de son habituel ton amer et dur. Ç'avait été comme un soupir.

— Je n'ai jamais joué à la princesse, poursuivit-elle en secouant la tête. Ni à aucun jeu qui consiste à faire semblant. Ce n'est pas mon genre. Je n'ai pas besoin de chercher à m'évader de la réalité et de toute façon, je n'ai jamais aimé cela. Pourquoi faire comme si la vie était meilleure qu'elle ne l'est ? On n'échappe ni à soi-même ni à la réalité, on y revient toujours.

Ce qu'elle lui disait avait un sens. Elle tentait de

lui expliquer quelque chose, pressentit Malak avec un frisson désagréable.

— Je ne joue pas au roi, Shona, répliqua-t-il avec calme.

Il se rapprocha encore d'elle, si mince et si jolie. Leurs corps s'accordaient à merveille. Il brûlait de goûter à nouveau la belle bouche pulpeuse qui hantait ses rêves.

— Et quand tu deviendras ma reine, il ne s'agira pas d'un jeu. Ce sera bien réel.

Que regardait-elle ? Que voyait-elle dans le reflet de leurs deux silhouettes ? Pourquoi cet air anxieux ?

Quand elle s'écarta soudain de lui, Malak la laissa faire. Shona contempla son propre reflet un moment encore, avant de se tourner vers lui, l'air toujours aussi anxieux.

— J'ai cédé pour Miles, dit-elle.

Cette fois, une nuance inconnue colorait sa voix.

— Parce que je ne ferai jamais rien qui puisse lui nuire ou l'empêcher de vivre sa vie.

Elle baissa un instant les yeux sur sa robe qu'elle contempla presque avec dégoût.

— Mais ça, je ne le referai jamais.

— Que reproches-tu à cette robe ? Tu es belle, Shona. Pourquoi ne te mettrais-tu pas en valeur ?

Une profonde tristesse empreignit ses traits fins. À moins qu'il ne s'agisse de colère retenue.

— Je suis une enfant abandonnée de La Nouvelle-Orléans. Je viens de rien. Je ne suis rien. Je n'ai pas le droit de porter une robe pareille.

Elle secoua la tête en laissant échapper un petit rire dur.

— Yadira a même essayé de me faire porter…

— Des bijoux, acheva Malak à sa place. Je sais. Je les avais choisis moi-même.

— C'est ridicule ! s'exclama-t-elle d'un ton accusateur. Qu'est-ce que tu veux, à la fin ? Je sais à quoi je ressemble. Je sais *exactement* qui je suis.

— Dans ce cas, explique-moi ce que tu entends par là. Parce que j'avoue que je suis perdu.

— Inutile de m'humilier, Malak, chuchota-t-elle.

Ses paroles lui firent l'effet d'un coup de poing dans le ventre. Si violent qu'il eut un mouvement de recul.

— Je suis ici, non ? enchaîna-t-elle. Tu as beau me trouver insupportable, je n'ai pas tenté de m'enfuir, que je sache ? Ni de dresser Miles contre toi. Je ne l'ai pas empêché de s'attacher à toi. Je n'ai même pas protesté contre ta façon de tout décider concernant ses activités. Dès le départ, j'avais déjà accepté que tu puisses le voir. Cela ne te suffit pas ? Pourquoi me rabaisser, en plus ?

Lorsque sa voix se brisa, quelque chose se rompit aussi en Malak. Il s'avança vers Shona mais elle s'éloigna, sans plus aucune grâce, presque en titubant, avant de s'asseoir sur le banc installé devant la plus proche des trois fontaines.

— Il n'y a rien à rabaisser en toi, Shona, dit Malak avec le même calme. Tu es fière et forte, et je plains celui qui s'imaginerait pouvoir t'humilier.

— C'est pourtant ce que tu fais, soupira-t-elle. Sans même t'en rendre compte.

Après l'avoir contemplée un instant en silence, il se dirigea vers elle et s'arrêta pour la regarder encore. Elle avait déjà l'allure, le port d'une reine. Ses cheveux bruns formaient une aura bouclée autour de son visage ovale au teint parfait, rehaussé par le vert émeraude de la robe.

Elle était aussi parfaite pour lui qu'elle l'avait été autrefois, dans sa petite robe en lamé. Non, elle l'était davantage, car elle lui avait donné Miles.

— Shona, commença-t-il en lui soulevant le menton.

— C'est cruel, murmura-t-elle.

Une émotion intense brillait dans ses yeux. Malak ne pouvait la reconnaître mais il la sentit. En lui. Autour de lui. Dans sa gorge, sa poitrine et son membre viril.

— Tu peux me déguiser. Me couvrir de bijoux ridicules. Cela ne changera rien. Tu ne comprends pas ? Rien ni personne ne changera ce que je suis.

— Qu'est-ce que je veux changer, d'après toi ?

Elle dégagea son menton d'un mouvement vif.

— Tout.

Sa voix avait trahi un tel désarroi, une telle vulnérabilité, qu'il sentit à nouveau quelque chose se briser en lui.

— Je ne désire pas te changer, Shona.

— Bien sûr que si ! Je ne t'en veux pas, d'ailleurs, mais je préférerais que tout le monde me voie comme je suis vraiment, plutôt que ce… cette triste mascarade à laquelle personne ne croit, de toute façon.

Après avoir tourné brièvement les yeux vers lui, elle poursuivit :

— Je n'arrive pas à croire que tu ne le voies pas. Tu te souviens ? Tu m'as dit que mon ancienne vie était minable. Eh bien, tu avais raison. Je n'ai rien à offrir à Miles. Je ne sais pas comment on élève un prince. Je pensais me débrouiller pas trop mal en réussissant plus ou moins à joindre les deux bouts — je faisais mieux que ma mère, en tout cas.

Elle s'interrompit pour reprendre son souffle.

— Tu peux m'appeler ta reine, m'habiller comme telle, mais cela ne changera jamais rien à la réalité. J'ai été abandonnée sur un trottoir comme un déchet, parce que c'est ce que je suis : un déchet.

Un calme inconnu s'installa en Malak.

— Je suis le roi de Khalia, répliqua-t-il tranquillement. Auparavant, j'étais déjà un prince de sang royal. Toutes les femmes que j'ai connues étaient dignes de moi, de mon rang. Et la mère de mon fils serait un déchet ? Celle que tous vénèrent comme elle le mérite ? Qui s'élève au-dessus de toutes les autres ? Non, Shona, c'est impossible.

— Ce que tu dis s'applique à Miles, pas à moi.

— À tous les deux, déclara-t-il avec force. Khalia est mon pays, je suis le roi. Tu es ce que je décide que tu es. Et tu fais partie des trésors les plus précieux du royaume, Shona. Parce que je le dis.

Un léger sourire arrondit sa belle bouche pulpeuse, mais son regard conserva la même tristesse.

— Cela n’en fait pas une vérité.

— Je connais un autre moyen de t’en convaincre.

Sur ces mots, Malak fit ce qu’il brûlait de faire depuis une éternité. Il la souleva dans ses bras et la serra contre lui.

Avant de l’embrasser avec passion. Enfin.

9.

Shona eut l'impression d'être emportée par une vague de sensations éblouissantes. De sombrer dans un océan de volupté dont elle devait s'extraire avant de s'y noyer.

Mais elle ne savait pas nager. Aussi s'accrocha-t-elle à Malak comme à une bouée de sauvetage tout en sachant que c'était justement lui qui l'entraînait dans cette marée incandescente.

Il dévorait sa bouche comme un homme mourant de soif, faisant naître en elle une spirale délicieuse qui s'enroulait autour de ses sens tandis qu'elle répondait à ses baisers avec la même ardeur. Depuis l'instant où il avait refermé sa bouche avide sur la sienne, Shona ne savait plus ce qu'elle voulait, ni comment l'exprimer. Alors elle cessa de s'interroger et s'abandonna aux caresses de la langue experte.

Inutile de nier le désir qui la possédait, à présent. De toute manière, elle s'était déjà trahie de façon spectaculaire sur ce balcon.

Les mains de Malak descendirent sur son dos, ses reins, elle sentait leur chaleur à travers la soie. Et quand il la serra dans ses bras pour lui faire sentir la puissante érection, Shona ferma les yeux en gémissant contre sa bouche.

L'instant d'après, il était assis sur le banc et elle sur lui, le dos appuyé contre son torse musclé.

— Je veux que tu regardes, dit-il d'une voix rauque de désir.

Le même que celui qui la consumait. La changeait. Au plus profond d'elle-même. La faisait rêver de choses impossibles auxquelles elle avait renoncé depuis si longtemps qu'elle les avait oubliées.

— Je veux que tu me dises ce que tu vois.

Dans les miroirs les montrant sous différents angles, Shona ne vit rien qui ressemblait de près ou de loin à un trésor. Elle se trouvait face à elle-même. Le fait d'être déguisée en princesse ne faisait que renforcer le contraste entre cette image féerique et la femme qu'elle était vraiment — et resterait toujours.

Néanmoins, elle ne ressentait plus la moindre anxiété, ni aucun désespoir ou tristesse. Parce que les mains de Malak lui caressant les seins à travers l'étoffe, les doigts titillant ses mamelons gonflés, lui faisaient oublier tout ce qui n'était pas lui et l'intensité de ces instants.

Haletant sans retenue, elle creusa les reins pour l'encourager, regarda les grandes mains de Malak descendre sur son ventre, ses cuisses, saisir la soie émeraude…

Lentement, il fit remonter la robe, de plus en plus haut, lui dénudant les jambes, les hanches.

— Je sens ta chaleur, lui murmura-t-il à l'oreille.

Son souffle tiède lui caressa la peau, la faisant frissonner au plus intime de sa féminité.

Elle ne voulait plus regarder. Elle désirait Malak, avec une force qu'elle craignait d'analyser. Tournant la tête vers lui, elle lui offrit ses lèvres et se perdit dans ce baiser en même temps qu'il tirait sur sa culotte d'un coup sec, déchirant la soie fine dans un petit craquement qui fit de nouveau frissonner Shona.

Les mains posées sur ses hanches, il écarta la bouche de la sienne, la souleva et rit quand elle laissa échapper un petit gémissement de frustration. Puis il la réinstalla sur lui, mais cette fois, il n'y avait plus aucune barrière entre le sexe de Shona et la puissante érection.

Elle ferma les yeux pour mieux savourer la sensation du membre viril s'enfonçant en elle.

C'était encore meilleur que dans ses souvenirs.

— Attention, ordonna Malak d'une voix délicieusement sévère.

Shona obéit tandis que, les doigts arrimés à ses hanches, il la soulevait avant de la faire redescendre à nouveau, avec une telle lenteur que cet ensorcelant va-et-vient équivalait à une torture exquise.

Quand elle rouvrit les yeux et croisa le regard de Malak dans le miroir, elle y découvrit une concentration farouche. La même qui se lisait sur ses propres traits.

Sa capitulation lui fit l'effet d'une illumination. D'une révélation. Les yeux écarquillés, elle contempla le couple uni dans la plus intime des étreintes et entrouvrit les lèvres en laissant échapper un halètement. À moins que ce ne fût un sanglot étouffé.

Cela faisait si longtemps. Elle avait presque l'impression que c'était la première fois. La façon dont il l'emplissait, le bonheur d'être possédée par lui, de lui appartenir.

Soudain, Malak lui passa un bras autour de la taille et la fit légèrement basculer en avant afin de la pénétrer au plus profond.

Shona le sentit partout en elle. Il avait pris entièrement possession d'elle. Corps et âme.

— Vas-y, ordonna-t-il. Montre-moi qui tu es.

Sourde à la toute petite voix qui protestait dans sa tête, elle commença à remuer les hanches. Elle se balança, d'avant en arrière, puis en petits cercles de plus en plus lascifs.

Enfonçant les orteils dans le sol de chaque côté des jambes de Malak, elle se servit de l'appui pour se soulever, avant de se laisser glisser sur la merveilleuse érection. Recommença le manège. Encore et encore. Jusqu'à ce qu'ils gémissent tous deux.

Il lui prit les mains, enlaça les doigts aux siens et croisa leurs bras sur le ventre de Shona, les unissant plus étroitement encore.

Ils ne formaient plus qu'un. Leurs corps se mouvaient

d'eux-mêmes, songea-t-elle. Dans une harmonie parfaite. Ils dansaient ensemble, communiquant dans une langue connue d'eux seuls.

La danse dura longtemps. D'abord lente et ample, avant que le rythme se resserre et s'accélère. De plus en plus sauvage, de plus en plus rapide.

Dans les miroirs, les yeux de Malak étincelaient. Ses hautes pommettes ressortaient, plus sombres. Il était aussi farouche que beau. Comme le palais et le désert sur lesquels il régnait.

Shona regarda son propre reflet et se reconnut à peine. L'abandon avait pris possession de son visage, un fol éclat irradiait de ses yeux. Jamais encore elle ne s'était vu une telle expression.

C'était peut-être bien de la joie.

S'il s'agissait d'une autre que toi, tu dirais qu'elle est belle, cette femme que Malak serre dans ses bras.

— Je veux…, murmura-t-elle, en proie à un soudain vertige.

— Dis-moi, chuchota-t-il d'une voix rauque dans son cou. Dis-moi ce que tu veux.

— Toi.

Elle le sentit sourire contre sa peau.

— Tu m'as déjà. Je suis en toi.

— S'il te plaît, gémit-elle en haletant. Je t'en supplie, Malak…

— Dis-moi ce que tu veux, répéta-t-il, la voix plus rauque encore. Dis-moi ce dont tu as besoin, Shona.

— Je veux… tout, avoua-t-elle dans un soupir. Je t'en supplie…

Libérant une main, il la glissa entre leurs deux corps, jusqu'à l'endroit où ils étaient unis. Là où pulsait le désir de Shona.

— Je suis à tes ordres, murmura-t-il en la caressant avec un art redoutable. Ma reine.

Sur ces mots, il la fit basculer dans la jouissance. Shona coula, sombra. Tout explosa autour d'elle et en elle, tandis que Malak la suivait dans l'extase en criant son prénom.

Ils restèrent immobiles un long moment, enlacés et silencieux. Confusément, Shona songea qu'ils étaient faits l'un pour l'autre. Que chaque jour depuis leur rencontre dans ce bar, cette complétude, cette harmonie parfaite lui avaient manqué.

Abandonnée contre Malak, la tête appuyée dans le creux de son épaule, elle n'avait pas envie de bouger. Et quand elle rouvrit les yeux, leur reflet les contemplait toujours, lui renvoyant l'image de leur étroit enlacement.

Dans les bras musclés de son amant, Shona se sentait fragile. Délicate. Précieuse. Sensation qu'elle n'avait encore jamais éprouvée. Mais au lieu d'avoir honte de se laisser aller à une telle faiblesse, elle savoura ces instants magiques.

Elle refusa d'écouter cette autre petite voix moqueuse qui la harcelait depuis l'instant où elle avait accepté d'enfiler la robe de soie émeraude. Qui lui répétait qu'elle n'était pas à sa place là, dans ce palais de conte de fées. Avec cet homme.

Ça, Shona le savait déjà. Elle l'avait su dès le premier soir, cinq ans plus tôt.

Mais à présent, alanguie contre Malak, elle ne pensait qu'à lui, toujours profondément enfoui en elle. À chaque souffle, elle sentait la présence du membre puissant encore ferme. Partout. Comme s'il faisait partie d'elle-même.

— Regarde-toi, dit tranquillement Malak.

Son cœur fit un petit bond dans sa poitrine tandis qu'elle attendait la suite. Le retrait inévitable. Le rejet. Mais sur le beau visage viril, elle ne vit rien de tout cela. Les yeux verts étincelaient de désir.

— Regarde-nous, Shona. Comment peux-tu douter d'être à ta place ici ?

Qu'entendait-il par *ici* ? Là, au palais, ou là, entre ses bras ? Elle ne lui posa pas la question. Ni ne réagit à sa manière habituelle : en lui balançant une réplique sarcastique et amère.

Quelque chose s'était apaisé en elle. Au lieu d'éprouver un sentiment de perte, Shona ne ressentait que du soulagement.

Malak n'attendit pas sa réponse et, le regard toujours étincelant, il se retira délicatement et sourit de nouveau quand elle poussa un petit gémissement de protestation.

Après s'être levé en la portant dans ses bras, il la reposa sur ses pieds devant lui, puis rajusta son pantalon tandis qu'elle faisait glisser sa robe sur ses hanches. La soie descendit jusqu'au sol dans un doux bruissement.

Shona se creusa la tête pour trouver quelque chose à dire, n'importe quoi. Mais Malak ne lui en laissa pas le temps. La soulevant de nouveau dans ses bras, il quitta rapidement la cour carrée et s'avança dans un long couloir.

— Où allons-nous ? demanda-t-elle en reprenant ses esprits.

Sans tourner les yeux vers elle, il continua son chemin dans l'enfilade de couloirs.

— Je n'en ai pas terminé avec toi, ma belle, dit-il d'une voix rauque. Nous avons *beaucoup* de temps à rattraper…

Elle aurait dû protester. Vraiment. Résister et se battre. Comme elle l'avait toujours fait. Mais elle n'en avait pas envie. Pas maintenant, pas là, dans ce somptueux palais. Elle ne désirait qu'une chose, fermer les yeux pour mieux savourer la chaleur virile qui se répandait en elle, et laisser Malak l'emporter où il voulait.

Lorsqu'elle se réveilla le lendemain matin, Shona ne reconnut rien.

Se redressant sur un coude, elle contempla les rideaux pourpres brodés de motifs dorés encadrant la large porte-fenêtre, l'élégant balcon de marbre qui se profilait au-delà, en même temps que, petit à petit, elle se rappelait ce qui s'était passé au cours de la nuit.

Elle connaissait bien ce sentiment de désorientation pour l'avoir ressenti au réveil après avoir été transplantée dans une nouvelle famille d'accueil. À chaque fois, c'était la même crainte, le même sentiment d'insécurité.

Mais à présent, ce qui prédominait en elle, c'était l'impression d'être… protégée. Une délicieuse lassitude avait pris possession de tout son corps. Une sorte de joie paisible. De plénitude.

Au souvenir de ce qu'elle avait partagé avec Malak, Shona se sentit gagnée par une délicieuse chaleur. Son merveilleux amant s'était montré exigeant, farouche et très inventif.

Ils avaient fait l'amour toute la nuit, dans différentes pièces — et dans les positions les plus folles, les plus inattendues. Shona avait découvert le superbe corps viril, l'avait goûté partout, se repaissant de la suavité de sa peau, de sa chaleur. Malak avait un goût de cannelle et de musc qu'elle adorait, qui l'enivrait.

Il lui avait appris à le prendre dans sa bouche, agenouillée devant lui ou sur le lit, installée entre les cuisses musclées. De son côté, il l'avait fait crier, supplier, haleter et gémir.

Les étreintes s'étaient enchaînées, toutes plus érotiques, plus torrides les unes que les autres. Jusqu'à ce que Shona ait l'impression d'être de l'argile entre les mains d'un artiste. Malak la façonnait, faisant d'elle une créature avide de volupté et de plaisirs sans cesse renouvelés. Il ne lui avait pas permis de s'inquiéter, de se laisser envahir par le doute.

À un moment donné, il avait fait apporter de la nourriture qui avait été déposée sur un grand plateau ovale en cuivre installé sur un trépied ouvragé, devant l'immense cheminée occupant presque tout un mur de la vaste chambre.

Enveloppée dans un drap de soie, Shona avait dégusté

dattes et noix, des fromages extrêmement goûteux, ainsi qu'un plat ressemblant à des lasagnes mais en plus parfumé et plus léger.

Une fois qu'ils avaient été rassasiés tous les deux, Malak avait rampé vers le sofa où elle était assise et lui avait écarté les jambes en disant que le moment était venu de savourer le dessert. Ensuite, il avait usé de tout son art pour la faire crier de plaisir avant de lui offrir un orgasme dont le simple souvenir faisait encore frissonner Shona.

Revenant au présent, elle se redressa sur son séant et s'adossa aux oreillers moelleux. Apparemment, elle se trouvait dans la chambre du roi…, songea-t-elle en admirant la tenture richement brodée recouvrant le mur faisant face à la cheminée.

Elle retint son souffle et tendit l'oreille, guettant le moindre bruit, mais n'entendit que le silence. Tout doucement, elle descendit du lit et s'avança sur le somptueux tapis dont les teintes chaudes dessinaient de ravissants motifs. Où était passée la robe de soie émeraude ? Pourtant, Shona se souvenait très bien que Malak l'avait laissée choir à côté du lit, sur ce même tapis…

— Tu cherches quelque chose ?

Se retournant vivement, elle l'aperçut, debout sur le seuil de la pièce. Torse nu et portant un ample pantalon couleur ivoire, il était si beau, si charismatique que cette vision était presque douloureuse.

— Oui, mes vêtements, répondit Shona, le cœur battant la chamade.

— Pour quoi faire ? répliqua-t-il avec un petit sourire terriblement sexy. Si tu enfiles quoi que ce soit, je te l'ôterai aussitôt, de toute façon…

10.

Quand il la prit par la main, Shona le laissa faire, faisant fi de toute prudence.

Lorsqu'il l'attira contre lui et l'embrassa, elle ne résista pas non plus. C'était trop bon. Le baiser, léger et brûlant à la fois, faisait renaître le désir qu'elle croyait complètement assouvi.

Sans dire un mot, Malak l'entraîna vers la porte-fenêtre, en ouvrit les deux battants donnant sur le balcon de marbre inondé de lumière dorée. Puis il sortit et bifurqua sur la droite — car ce que Shona avait pris pour un simple balcon était en fait une terrasse se prolongeant par une piscine rectangulaire dont l'eau miroitait doucement au soleil.

— Je ne sais pas nager, dit-elle, mais sans dégager sa main.

Elle ne ralentit pas non plus, ni ne se rebiffa.

Décidément, elle était prête à faire tout ce que cet homme voudrait.

Trop de sensations tourbillonnaient en elle, d'émotions que pour l'instant, elle ne cherchait pas à identifier. Auxquelles elle ne voulait pas donner de nom.

— Pas la peine de nager, répliqua Malak en la regardant dans les yeux.

Une lueur amusée jouait dans les siens.

— Il suffit de flotter.

— Je ne sais pas flotter non plus.

Il la dévisagea un instant, sa haute silhouette baignée de lumière.

— Quand on vient d'une ville située en dessous du niveau de la mer, on sait forcément flotter.

— Peut-être, mais pas moi. Je n'avais pas vraiment le temps de prendre des leçons de natation ! s'exclama-t-elle avec un rire un peu forcé.

Dans les familles où elle avait grandi, exprimer ce genre de désir aurait été impensable. Personne ne se serait donné la peine de la conduire à des cours de natation — ni n'aurait gaspillé de l'argent en lui offrant un tel loisir jugé inutile.

— Eh bien, ce sera une autre première pour toi. Espérons que tu la trouveras aussi agréable que celles de cette nuit. Et aussi instructive.

Shona se sentit rougir, d'autant que Malak lui avait lâché la main pour se débarrasser de son ample pantalon blanc.

Soudain, elle réalisa qu'ils se trouvaient dehors, nus tous les deux, exposés en pleine lumière. Cette éventualité était peu probable, mais si quelqu'un la voyait en tenue d'Ève, sur la terrasse privée du roi…

Cette pensée aurait dû l'horrifier. Ou au moins l'embarrasser. Mais non, Shona ne croisa même pas les bras sur son buste pour dissimuler ses seins, ni ne referma la main sur son pubis. Immobile au bord du bassin, elle regarda Malak pénétrer dans l'eau turquoise jusqu'à ce que celle-ci lui arrive à la taille.

Un léger sourire aux lèvres, il leva les mains vers elle et l'attira doucement à lui.

Après lui avoir appris à s'abandonner à la volupté, lui avoir fait partager des plaisirs insensés, il lui fit découvrir la sensation délicieuse de flotter, de se sentir aussi légère qu'une plume.

Et lorsqu'elle se rendit soudain compte que les mains de Malak ne la soutenaient plus, qu'elle flottait toute seule à la surface de l'eau, le ciel bleu s'étalant au-dessus d'elle à perte de vue, Shona fut envahie par un sentiment inconnu et grisant.

Un sentiment d'infini et de liberté.

Brusquement, elle prit conscience d'un autre sentiment, plus troublant et plus dangereux. Un sentiment qui, traversant peu à peu toutes les barrières de protection qu'elle avait dressées autour d'elle, s'était infiltré jusque dans son cœur.

Shona n'était jamais tombée amoureuse. Elle n'avait jamais désiré connaître les tourments de l'amour, ayant vu autour d'elle trop d'exemples de destruction causée par ce sentiment.

Or il ne s'agissait pas de *tomber*, avec Malak. Mais de flotter.

Et c'était ce qu'elle faisait depuis le début, à son insu.

À partir de ce jour-là, Shona s'investit à fond dans toutes les activités auxquelles elle avait refusé de se livrer jusqu'à présent. Parce que c'était de cette façon qu'elle avait toujours survécu, en tirant le meilleur parti de ce qui lui arrivait, au lieu de baisser les bras.

Elle surprit ses professeurs en les écoutant avec attention. Elle accepta chaque jour de porter les vêtements préparés par Yadira.

Si elle se sentait incapable de se comporter en reine, elle pouvait au moins faire semblant.

Par ailleurs, elle ne savait que faire de ce cœur devenu trop grand, trop plein. Et de plus en plus douloureux. Ni comment interpréter ces choses tour à tour confuses et éblouissantes qu'elle ressentait pour celui qui en était la cause.

Aussi Shona se concentra-t-elle sur Miles, se répétant que tout ce qu'elle faisait, elle le faisait pour lui.

— Tu es si jolie, maman, lui dit-il un soir.

Comme chaque jour, ils allaient rejoindre Malak pour dîner avec lui dans sa salle à manger privée.

— Merci, mon chéri, répliqua-t-elle en souriant à son fils.

— Tu es bien plus jolie qu'avant, poursuivit celui-ci avec toute la conviction de ses quatre ans. C'est beaucoup mieux.

De son côté, il était plus heureux qu'à La Nouvelle-Orléans. Il riait davantage. Il paraissait plus insouciant, plus léger. Plus lumineux.

Avant de venir à Khalia, Shona avait cru qu'ils étaient heureux tous les deux, qu'ils se débrouillaient bien — et leurs conditions de vie étaient assurément meilleures que celles dont elle avait bénéficié à l'âge de Miles.

Cependant, elle était bien obligée de reconnaître que son fils jouissait désormais d'un environnement mille fois plus agréable que celui qu'elle lui avait offert jusque-là. En outre, elle s'était toujours sentie coupable de ne pouvoir s'occuper davantage de lui, parce qu'elle devait travailler pour subvenir à leurs besoins. Seule.

À Khalia, elle aurait pu facilement passer ses journées à explorer les vastes jardins du palais avec son fils s'ils l'avaient souhaité. Ils pouvaient rester tout l'après-midi à regarder un film s'ils en avaient envie. Shona pouvait faire tout ce qu'elle voulait avec son fils. Jouer, pique-niquer au pied de l'une des fontaines, ou au bord de l'un des bassins agrémentant les jardins, à l'ombre des grands arbres. Ou bien sur l'un des bancs installés au détour des allées de la splendide roseraie, par exemple. Ou tout simplement assis dans l'herbe de l'une des magnifiques pelouses.

Mais ce qui la choquait encore davantage, c'était de se rendre compte qu'*elle aussi* était plus heureuse qu'autrefois. Heureuse de voir son fils heureux, et pour de tout autres raisons.

— Tu as vraiment l'air d'une reine, maintenant, lui dit Miles quelques jours plus tard quand elle ressortit de son dressing.

Assis en tailleur sur son lit, il l'attendait tranquillement, au lieu d'être parti prendre son petit déjeuner avec les nounous comme d'habitude.

Reine. Ce terme déplaisait toujours autant à Shona. Il la dérangeait. Et pourtant, elle ne pouvait nier qu'elle se sentait désormais tenaillée par le désir de s'intégrer. Et que, lorsqu'elle se contemplait dans le miroir, habillée comme il seyait à son rang, elle désirait ardemment se reconnaître dans celle qui la dévisageait en silence, au lieu d'avoir l'impression de faire face à une étrangère.

Je voudrais tant me sentir bien quelque part. Trouver ma place, continuait de chuchoter en elle la petite fille d'autrefois, ballottée de famille d'accueil en famille d'accueil.

— Tu trouves ? demanda Shona à son fils.

Il hocha la tête avec enthousiasme.

— Tu es reine et papa est roi. Et moi, je suis le prince.

— Oui, le prince héritier, acquiesça-t-elle.

— Et maintenant, il faut que tu épouses papa, poursuivit Miles. Sinon, ça ne pourra pas marcher.

— Qu'est-ce qui ne pourra pas marcher ? répliqua-t-elle, du ton le plus neutre possible.

— Le roi et la reine doivent être mariés, maman ! s'exclama son fils en la dévisageant d'un air interloqué. Tout le monde le sait !

— Parfois, les mamans et les papas ne se marient pas. Et ça fonctionne très bien, je t'assure.

Shona songea au père de son fils. À l'amant exigeant et inventif qui ne cessait de la surprendre, de l'enchanter. Au plaisir partagé avec lui.

Chaque soir, il l'emmenait dans sa chambre après le dîner. C'était devenu un rite que Shona attendait avec impatience. Et leurs nuits devenaient de plus en plus grisantes. Le plaisir plus intense, plus profond.

Plus elle apprenait à connaître Malak et plus elle appréciait les moments partagés avec lui.

Quant à ses cours, Shona se découvrit une intelligence et une ouverture d'esprit qu'elle n'avait jamais eu la possibilité d'explorer. Changeant sans cesse d'école, elle avait tenu tant bien que mal jusqu'au lycée. Toujours la nouvelle. Jamais au même niveau que les autres, toujours à la traîne ou en avance par rapport au reste de la classe.

Mais pas cette fois. Elle faisait des progrès en arabe. Elle apprenait à marcher, à s'asseoir comme une reine. À gérer toutes sortes de situations auxquelles elle était susceptible de devoir faire face.

La journée, elle étudiait de son mieux tandis que la nuit, elle s'épanouissait entre les mains du seul homme à l'avoir jamais touchée. Le seul par qui elle désirait être touchée.

Et dans ses bras, elle avait l'impression d'être la seule qu'il eût jamais connue.

Jamais Shona ne s'était sentie aussi vivante.

Jamais elle n'avait aimé quiconque, hormis Miles. Elle s'était toujours cru immunisée contre l'amour, persuadée que ce sentiment était un échec et non une joie.

À présent, elle avait l'impression de vibrer en permanence, d'exulter. Comme si tout renaissait à chaque instant.

Jusqu'au jour où, lorsque Malak l'appela sa reine, elle acquiesça d'un hochement de tête.

Elle était étendue sur lui dans le lit immense, le cœur lui martelant encore la poitrine et celui de Malak battant lui aussi à tout rompre. Après l'avoir chevauché jusqu'à ce qu'ils sombrent ensemble dans la jouissance, elle s'était laissée retomber sur lui, les mains de Malak toujours refermées sur ses hanches, les pouces lui caressant les reins.

Mais lorsqu'elle hocha la tête en silence, il interrompit sa caresse.

— Pardon ? Chercherais-tu à me dire quelque chose ?

C'était tout lui. Il n'acceptait pas sa reddition muette. Il lui fallait une déclaration orale, en bonne et due forme.

Shona se redressa et laissa échapper un petit halètement en le sentant bouger en elle. En dépit de sa fatigue, elle faillit céder au désir qui renaissait déjà, à la merveilleuse chaleur qui se répandait dans son sexe, son ventre, tout son corps.

Les sensations que Malak avait le pouvoir de provoquer en elle étaient divines.

Justes.

— Je serai ta reine, Malak.

Elle avait voulu prendre un ton enjoué, léger. Mais dans la semi-pénombre régnant dans la vaste pièce, ses paroles avaient résonné comme un vœu solennel.

Les yeux verts flamboyèrent.

— Vraiment ?

— Oui, je suis prête.

Ensuite, elle remua les hanches et sourit en le sentant aussitôt donner un coup de reins et s'enfoncer puissamment en elle. Le feu qui les consumait tous deux ne s'éteindrait jamais, songea Shona. Il leur appartenait.

— Je le fais pour Miles, bien sûr, ajouta-t-elle avec malice.

— Bien sûr, acquiesça Malak d'une voix rauque. Je loue ton instinct maternel.

Comme elle éclatait de rire, il la renversa sur le lit et reprit le contrôle de la situation.

Shona capitula. Elle avait le cœur trop plein. Elle désirait trop de choses. Elle n'avait jamais pensé prendre de tels risques…

Mais qu'y pouvait-elle ? Comment résister à cet amour total qui avait pris possession de tout son être ?

Pour cet amant fabuleux. Cet homme merveilleux.

Malak.

Quand il la fit grimper au paradis, elle ne put contenir la joie qui débordait de sa poitrine. Renversant la tête en arrière, elle cria les mots qu'elle n'avait jamais dits à aucun autre homme :

— Je t'aime, Malak !

Si elle ne l'avait pas exprimé à voix haute, son cœur aurait explosé.

— *Je t'aime*, répéta Shona dans un sanglot.

11.

La première fois que Shona lui dit qu'elle l'aimait, Malak jugea préférable de ne pas réagir.

Elle laissait échapper ces mots dans le feu de l'action. Le plaisir lui faisait perdre la tête et la raison. Tout cela était nouveau pour elle, après tout. Aussi prit-il ce… cet abus de langage pour un compliment, rien de plus. Car de toute évidence, elle ne se rendait pas compte de ce qu'elle disait. Et dans le cas contraire, Shona serait terriblement embarrassée de s'être laissée aller à des paroles aussi folles qu'absurdes. Elle devait même s'en vouloir de les avoir prononcées, avait-il songé alors.

Mais au cours des jours suivants, un fait des plus étranges se produisit : Shona continua de répéter la même chose, sans le moindre embarras et avec la même spontanéité.

Depuis le moment où elle avait accepté son rôle et se préparait à prendre sa place à ses côtés, elle devenait de plus en plus… intrépide.

Le prétendu aveu jaillissait de ses lèvres avec une régularité inquiétante. Et à chaque fois qu'elle prononçait ces fichus mots, répétait qu'elle *l'aimait* — soit en gémissant, sanglotant ou encore dans un murmure extasié avant de s'endormir — Malak avait l'impression qu'elle lui enfonçait un couteau dans la poitrine.

Il se força néanmoins à garder son calme, à feindre de n'avoir rien remarqué, comme si elle n'avait rien dit, dans l'espoir qu'en persistant à ignorer ces regrettables paroles, Shona finirait par ne plus les prononcer.

D'autant qu'il y avait le mariage à organiser. L'événement devrait célébrer leur union d'une part, mais aussi les changements qui allaient s'opérer dans le royaume, au bénéfice du peuple. Des négociations délicates étaient en cours, au sein même de sa famille mais aussi en dehors. Malak devait inviter son demi-frère, Adir, cheikh puissant régnant sur une tribu de Bédouins — et qui avait enlevé la fiancée de Zufar le matin même de leurs noces.

Il invitait également celui-ci, naturellement, son frère aîné qui avait abdiqué pour suivre sa femme devenue reine de Rumadah. Et sa sœur, bien sûr, Galila, et le mari de celle-ci, le roi Karim de Zyria, qui se trouvait être le fils de feu l'amant de la reine Namani, leur mère.

D'ordinaire, éviter tout risque d'incident diplomatique relevait déjà de la gageure, mais les drames internes à la maison royale de Khalia transformaient l'entreprise en véritable casse-tête. Même si les temps derniers, le calme régnait entre tous ses membres.

Ils viendraient au grand complet pour célébrer le mariage de l'un des leurs, mais aussi pour montrer que la famille royale demeurait soudée et solide, en dépit de tout le chaos ayant suivi le décès de la reine Namani.

Cependant, Malak avait beau se répéter que c'étaient ces préoccupations qui le minaient du matin au soir, il savait bien au fond de lui-même qu'il ne s'agissait pas de cela.

Shona obsédait ses pensées. Cette façon de lui dire : *Je t'aime*, de le répéter encore et encore, sans jamais sembler être troublée par le silence accueillant ces paroles, l'absence de toute réaction chez celui auquel elles s'adressaient.

Elle sombrait si facilement dans le sommeil, allongée sur lui ou blottie contre lui dans le grand lit. Elle dormait comme un ange, tandis que Malak restait éveillé à scruter la pénombre, ces fichus mots tournant en boucle dans son esprit.

Quelques jours plus tard, alors qu'il avait l'impression que Shona allait le rendre fou, il se retrouva dans l'aile du palais où vivait autrefois sa famille au lieu de celle où il devait rejoindre ses conseillers financiers. Il avait pris la mauvaise direction, sans même s'en rendre compte, bon sang ! S'il ne se ressaisissait pas, il risquait de perdre *vraiment* la tête.

Au lieu de rebrousser chemin, il continua d'avancer dans les vastes pièces qui paraissaient désertes. Sa mère n'était plus. Son frère et sa sœur s'étaient mariés et avaient quitté Khalia. Malak lui-même avait déménagé de l'aile familiale pour s'installer dans celle réservée au souverain. Désormais, son père était le seul à habiter là.

Son pauvre père, seul, brisé. L'ancien roi Tariq que Malak avait toujours considéré comme une victime de l'amour. Même du temps où lui et la reine Namani continuaient à jouer la comédie du couple uni aux yeux du monde alors que leur mariage était détruit depuis longtemps.

Malak le trouva dans ce qui avait été autrefois une salle de jeux mais que son père avait fait transformer en bibliothèque. Immobile sur le seuil de la pièce, il eut l'impression de l'avoir toujours vu ainsi, assis dans son fauteuil installé à côté de la fenêtre, un livre ouvert sur les genoux, le regard rivé sur un point situé quelque part derrière les vitres.

Le vieux roi demeurait obsédé par celle qu'il avait perdue, l'épouse infidèle qui l'avait pourtant ignoré durant des années, peut-être même dès le tout début de leur mariage.

De la même façon que lui, Malak ne cessait de penser à la femme qu'il allait épouser. Celle qui lui répétait sans cesse qu'elle l'aimait, alors qu'il savait très bien où menait ce genre d'égarement.

Là, songea-t-il lugubrement. À la solitude, la destruction.

À un vieil homme assis dans un fauteuil, loin de tout. Seul avec ses souvenirs, ses fantômes et son chagrin.

En proie à un épouvantable tumulte d'émotions, Malak demeura immobile à le regarder. Il aimait son père, profondément. Mais quand il le contemplait, reclus dans son refuge, il ressentait une tristesse abyssale.

À moins qu'il ne s'agisse de deuil. Pour ce qui aurait pu être. Si son père avait été différent. Sa mère une autre femme. Si tous deux avaient vécu en harmonie et été moins concentrés sur eux-mêmes, moins englués dans leurs vies personnelles, ils auraient peut-être accordé un peu plus d'attention et d'affection à leurs enfants.

Malak s'était toujours interdit de porter de jugement sur le passé. Ses parents les avaient ignorés, mais ils n'en étaient pas moins restés le roi et la reine de Khalia. Et eux, les enfants, n'avaient pas grandi dans la misère, loin de là.

Pendant longtemps, il s'était répété qu'il aurait été injuste de reprocher à ses parents d'avoir été égoïstes. Parce qu'après tout, un roi et une reine avaient de nombreux devoirs et obligations, aussi n'avaient-ils que peu de temps à consacrer à une vie de famille.

En outre, il avait toujours profité de la liberté que lui conférait sa position de cadet. Personne ne se souciait de ce qu'il faisait.

Mais à présent, il avait à son tour un fils, et après deux abdications successives, son rôle de monarque était encore plus difficile à gérer qu'à l'époque où son père avait régné. Or Malak réussissait néanmoins à trouver le temps de voir Miles. Chaque jour, il accordait une heure ou deux au petit garçon qui avait déjà passé quatre années de sa jeune vie loin de lui. Jamais ils ne seraient séparés plus de quelques jours. Malak se l'était juré.

— Tu entres, ou tu comptes rester indéfiniment sur le pas de la porte ? demanda son père sans cesser de fixer la fenêtre.

— Tu lis, je ne voulais pas te déranger, mentit Malak en s'avançant dans la pièce.

Pourquoi se donner la peine de jouer la comédie ? De sourire ? Sans doute parce qu'il était réputé pour son insouciance. Son manque de sérieux. Il n'avait jamais été destiné à monter sur le trône avant l'abdication de Zufar. Il était devenu roi parce qu'il n'y avait plus que lui. Malak ne l'oubliait jamais.

Mais au fond, il était peut-être le seul à se soucier vraiment du sort du royaume. À se concentrer uniquement sur Khalia. Peut-être était-ce pour cette raison qu'il voyait clairement où ses deux prédécesseurs avaient failli.

— Mes assistants m'ont appris que tu allais te marier, finalement, commença son père en refermant le livre sur ses genoux.

Il tourna enfin les yeux vers Malak.

C'était tout de même étrange. Alors que lui était maintenant roi et son père rien qu'un vieil homme détruit, lorsque Tariq le regardait ainsi, Malak se sentait redevenir le jeune voyou sommé de rendre des comptes. Comme si cet adolescent vivait encore en lui. Ou plutôt, parce qu'envers et contre tout, celui qui le dévisageait en silence demeurait son père.

— Dans notre situation, le mariage était inévitable, répliqua-t-il avec une pointe d'émotion qu'il refoula aussitôt. Mais cela représente bien sûr un changement colossal pour Shona. Aussi avait-elle besoin de temps pour s'habituer à cette perspective.

Il lui en avait peut-être accordé trop, de temps. C'était peut-être ça, le problème. C'était peut-être à cause de cela qu'elle continuait à répéter… ces mots absurdes.

— Elle me donne l'impression d'être une femme réaliste, dit son père. C'est probablement ce qu'il te faut.

Malak se posa la main sur la poitrine pour calmer les battements désordonnés de son cœur. Il s'interdit de se demander pourquoi le simple fait d'entendre son père dire que Shona était une femme réaliste déclenchait cette réaction en lui.

Elle était bien plus que cela. Elle était la seule à surpasser l'éclat du soleil quand elle souriait.

— Tu as eu une reine, père, répliqua-t-il avec calme. As-tu des conseils à me donner ?

— Sur les rapports à entretenir avec la reine de Khalia ? s'exclama son père en riant.

Le cœur de Malak se serra, renforçant le chaos qui régnait en lui. Quand avait-il vu rire son père pour la dernière fois ? La tristesse l'envahit de nouveau. La sensation de deuil. Celui d'un homme qui n'avait jamais existé et n'existerait jamais.

— Je ne pense pas que tu aies besoin que je fasse un laïus sur mes échecs en la matière, Malak. Ils sont légion. Et publics, à mon plus grand regret et ma plus grande honte.

Peut-être était-ce pour cela que ses pas l'avaient conduit là, songea Malak. Pour l'amener à cette conversation qu'il n'avait jamais osé aborder avec son père. Pour reprendre complètement ses esprits avant de devenir comme ce vieil homme.

— Tu l'aimais, dit-il en s'efforçant de garder un ton neutre.

Le regard de son père soutint le sien.

— Oui. Et je l'aime encore.

— Comment est-ce possible ? fit Malak en secouant la tête. Alors que tu savais…

Il fut incapable de continuer. De mettre des mots sur la trahison de Namani.

— L'amour ne diminue pas quand il est mis à l'épreuve, répondit lentement son père. Au contraire, il s'approfondit. Ce qui ne signifie pas qu'il devienne moins compliqué pour autant.

— Mais comment peut-on aimer après une telle trahison ?

— Je suis bien le dernier à pouvoir te donner des

conseils, Malak, répliqua son père au bout d'un moment. Mais je vais te dire une chose : la vie est emplie de regrets. Mais si l'on peut regretter d'avoir pris telle ou telle décision politique, on ne regrette jamais d'aimer. Quoi qu'il arrive.

Ensuite, ils parlèrent de choses et d'autres, notamment des préparatifs du mariage. Mais lorsque Malak quitta son père, il ne pensait qu'à ses propos concernant l'amour, lesquels demeuraient pour lui inconcevables, voire absurdes.

C'était l'amour qui avait transformé un roi respectable en individu sans volonté, obsédé par celle qui l'avait ignoré, trompé. Cet amour sans retour l'avait détourné de son peuple et de ses enfants.

C'était l'amour d'un étranger qui avait donné à la reine Namani un fils qu'elle avait dû abandonner, avant de devenir incapable d'aimer ses enfants légitimes. À supposer qu'elle ne l'ait pas toujours été.

Et enfin, c'était par amour pour une femme que Zufar avait renoncé au trône, plongeant de nouveau le pays dans le chaos.

À cause de cet amour, Khalia héritait de Malak pour souverain alors qu'il méritait quelqu'un de plus digne et plus respectable qu'un play-boy ayant passé son existence à satisfaire les exigences de sa libido.

Par conséquent, Malak n'avait *rien* à faire de l'amour. Jamais il ne se laisserait posséder par ce sentiment au redoutable pouvoir destructeur.

Longeant les couloirs du palais à grands pas et voyant à peine les membres du personnel qu'il croisait sur son passage, il ne se rendit pas au rendez-vous avec son conseiller financier. Il alla droit chez Shona.

Après avoir poussé plusieurs doubles portes d'un geste brusque, il constata avec dépit qu'elle ne se trouvait pas dans sa suite. Sans doute était-elle avec Miles, songea-t-il en se dirigeant vers la salle de jeux.

Installés sur le balcon de la vaste pièce avec les

nounous, ils jouaient au jeu de cartes préféré de Miles, l'air très concentré tous les cinq.

Le cœur battant trop vite, trop fort, Malak s'arrêta devant les portes-fenêtres grandes ouvertes et les observa en silence.

Son père ne regrettait peut-être pas ce qu'il avait fait par amour, mais lui, si. Il en subissait les conséquences chaque jour. Comme il subissait celles de l'amour de sa mère pour un étranger, et celles de l'amour de Zufar pour son épouse.

Shona serait sa reine. Ils aimeraient Miles comme il le méritait. Ils l'aimaient déjà.

Mais au tréfonds de lui-même, Malak savait par ailleurs qu'il devait mettre un terme à cette folie de Shona. Il fallait qu'elle cesse de lui répéter qu'elle l'aimait, avant qu'il n'aille s'imaginer pouvoir l'aimer en retour.

Ce qu'ils partageaient déjà lui suffisait : le sexe, le rire. Miles et les autres enfants qu'ils auraient plus tard. Un partenariat bien plus équilibré que ne l'avait été le mariage de ses parents.

Par conséquent, il devait veiller à ce que l'amour ne vienne pas menacer l'harmonie qui existait entre Shona et lui. Ayant un pays à gouverner, Malak avait besoin de stabilité. Pas des constants aléas de l'amour et du naufrage qui s'ensuivrait inexorablement.

Concentré sur ses pensées, il n'avait pas remarqué que Shona s'était levée et s'avançait maintenant vers lui.

Elle *rayonnait*, il n'y avait pas d'autre mot. Surtout quand elle le dévisageait ainsi, l'air inquiet. À chaque fois, Malak en avait un pincement au cœur.

Brusquement, il comprit qu'il était trop tard. Il réalisa la cause de la souffrance qui l'étreignait.

Il était aussi faible, aussi stupide que son frère et son père.

Mais contrairement à ceux-ci, il avait le choix. Il n'était pas forcé de suivre les inclinations de son cœur. Ni de donner le nom d'*amour* aux sentiments qu'il ressentait.

Il n'avait pas à se détruire ni à entraîner son royaume dans le déclin à cause de ce qu'il éprouvait.

Et il ne le ferait pas, bon sang !

— Quelque chose ne va pas ? demanda Shona.

— Rien d'important, répondit-il d'un ton bourru.

D'un signe de tête, il l'invita à le rejoindre à l'intérieur, laissant Miles avec les nounous.

— Les préparatifs de notre mariage seront bientôt terminés, poursuivit-il. L'événement sera célébré avec toute la pompe qui sied au roi de Khalia et à celle qu'il a choisie pour épouse.

— On se croirait au Moyen Âge…

Mieux valait ignorer la remarque ironique, décida Malak. Il devait se concentrer sur ce qu'il avait à lui dire.

— Shona, tu ne dois plus jamais me reparler d'amour. Je trouve cela terriblement offensant.

Elle le dévisagea en battant des cils, avant d'éclater de rire.

— Pardon ? Tu trouves cela *offensant* ?

— C'est un ordre, déclara-t-il, presque sèchement.

Quand elle tendit la main vers lui, il recula d'un pas.

— Autrefois, on exilait la reine dans une garnison éloignée lorsqu'elle menaçait l'équilibre du royaume. Ne me force pas à recourir à de telles mesures.

— Tu veux… m'enfermer ? s'exclama-t-elle, abasourdie.

Choquée et même blessée. Comme s'il l'avait frappée physiquement. Malak se haït de la faire souffrir ainsi.

— Dans une garnison ? continua-t-elle. Autrement dit, en *prison* ?

Elle secoua la tête.

— Je ne comprends pas ce qui t'arrive, Malak.

— À toi de choisir, répliqua-t-il, raide. Je t'offre la possibilité de décider de la suite et tu devrais considérer cela comme de la bienveillance de ma part. Tu deviendras ma reine quoi qu'il arrive, mais je ne tolérerai pas que tu parles d'amour. Ce sentiment est déplacé, inapproprié.

Et terriblement dangereux, se retint-il d'ajouter.

— Pourquoi ? demanda-t-elle d'une voix raffermie.

Quand elle croisa son regard, il ne vit rien dans le sien et fut traversé par un frisson glacé.

— Ta place est à mes côtés, décréta-t-il d'un ton dur. Mais cela n'implique pas que nous devions prétendre vivre un conte de fées romantique. Ce n'est pas le cas. Cela n'a jamais été le cas, n'est-ce pas ?

Elle se contenta de le regarder comme s'il s'exprimait dans une langue étrangère.

— Tu sais aussi bien que moi qu'aucun conte de fées ne commence dans le bar d'un hôtel, entre un homme et une femme qui ont bu un verre de trop.

Comme elle pâlissait, Malak n'en éprouva aucun plaisir alors qu'il avait atteint son but.

— Récapitulons, répliqua-t-elle après un moment de silence. Je suis assez bonne pour parader à tes côtés en robe somptueuse et pour te tenir compagnie au lit dans le plus simple appareil. Mais si j'éprouve un sentiment quelconque pour toi et si, pire encore, je le dis à voix haute, je dépasse les limites, c'est cela ?

Une sensation atroce lui déchira la poitrine en voyant la belle bouche de Shona trembler légèrement.

— Ne me fais pas regretter d'avoir choisi la douceur plutôt que la force, dit-il d'une voix gutturale. J'aurais pu simplement prendre ce que je voulais. Parce que tu désirais la même chose.

— Je ne comprends pas pourquoi tu te conduis comme un monstre alors que tu n'en es pas un.

— Tu n'as pas la moindre idée de qui je suis, ni de ce dont je suis capable. Ne me pousse pas à te le montrer.

Mais Shona n'était pas femme à se laisser intimider. À s'effondrer devant lui.

Elle se contenta de le regarder, le menton haut, prête à se battre.

— Vas-y, montre-moi, le défia-t-elle. Dis-moi que tu ne veux pas de moi. Dis-le-moi en face.

Malak n'hésita même pas. Parce qu'il devait être

radical et par conséquent, ne pouvait pas prendre le risque de sombrer en entraînant son pays dans la chute.

— C'est Miles que je voulais, dit-il avec une cruauté délibérée. Je n'ai jamais voulu de toi, Shona. Tu ne représentes pour moi qu'un moyen dont je me suis servi pour arriver à mes fins.

Sur ces paroles, il tourna les talons et quitta la pièce. Mais non sans avoir eu le temps de voir le regard suffoqué de Shona, ses lèvres entrouvertes sur un cri muet.

Il s'en alla avant de craquer lamentablement. De prouver qu'au fond, il était bien le fils de son père.

12.

Après le départ de Malak, Shona resta un long moment immobile au milieu de la pièce, en état de choc.

Elle se sentait vide. Anéantie. Et affreusement vulnérable. Les paroles qu'il avait prononcées avaient rouvert le gouffre qui béait en elle autrefois.

Pétrifiée, elle contempla les coussins multicolores répandus sur les somptueux tapis recouvrant le parquet. Les poufs disposés çà et là. La frise aux tons gais courant sur les murs.

Un sentiment de désespoir l'envahit, tandis qu'elle se sentait aspirée par les ténèbres qu'elle connaissait si bien. Mais elle refusa de se laisser entraîner vers le fond.

Elle avait essayé de s'habituer à la nouvelle Shona. Elle avait fait de son mieux pour tenter de se voir à travers le regard de Malak. Elle s'était laissée aller à le croire quand il lui disait qu'elle était plus belle que toutes les femmes qu'il avait connues avant elle.

Et il venait de lui déclarer d'un ton brutal…

Les mots horribles continuaient de tourbillonner dans la tête de Shona, cruels, dévastateurs.

Elle n'était pas une princesse. Il n'y avait pas de conte de fées. Et elle avait été folle de s'imaginer que son histoire pourrait changer de cours et se terminer différemment.

Jamais elle n'avait vécu de bon moment sans retomber ensuite dans la dure réalité. Comment aurait-il pu en être autrement avec Malak ?

Comme Miles l'appelait, elle se ressaisit, mais à grand-peine. Après avoir passé ses mains moites sur sa robe de lin bleu pervenche, elle refoula sa souffrance et se força à sourire.

Elle ne céderait pas aux émotions qui menaçaient de la terrasser. Elle aurait bien dû savoir à quoi s'attendre, après tout. Mais elle avait laissé tomber ses défenses, l'une après l'autre. Par conséquent, elle n'avait que ce qu'elle méritait.

Alors assume, maintenant ! s'ordonna-t-elle en allant rejoindre son petit garçon.

Shona passa le restant de l'après-midi avec lui. Elle réussit à se comporter comme d'habitude, comme si tout allait pour le mieux dans le meilleur des mondes. Alors que les paroles de Malak continuaient de résonner dans sa tête, avec la même force, la même cruauté.

L'enverrait-il croupir quelque part dans le désert ? Avait-elle vraiment créé cette situation impossible, alors qu'elle pensait construire un lien solide entre eux ?

Ces interrogations lui martelaient le crâne, à en avoir la nausée.

Lorsque Yadira vint l'informer — avec cet éternel sourire poli que Shona avait parfois envie de lui effacer du visage — que le roi ne dînerait pas avec elle ce soir-là, Shona ne fut pas du tout étonnée.

Elle eut l'impression de recevoir le coup de grâce, c'est tout.

Quand, au cours du dîner pris en tête à tête avec son fils, celui-ci demanda où était son papa, elle répondit que son père était un homme très occupé et qu'il aurait souvent à s'absenter pour ses obligations royales.

Devrait-elle désormais inventer des prétextes pour justifier l'absence de Malak ? Et si elle se retrouvait enfermée en plein désert, comment celui-ci expliquerait-il sa disparition à Miles ?

À la fin du repas, elle renvoya les nounous et mit son fils au lit elle-même comme autrefois. Avant de quitter leur petite maison de La Nouvelle-Orléans. Elle le borda dans son grand lit qu'il disait être un vaisseau spatial, puis lui lut deux de ses livres préférés. Quand il fut profondément endormi, elle éteignit la lampe de chevet, ne laissant allumée que la veilleuse qui projetait de temps en temps des petits cercles lumineux sur les murs de la chambre.

Ton fils est un prince, se répéta Shona. Que cela lui plaise ou non. Il ne s'agissait pas d'un rêve dont elle finirait par se réveiller.

Mais à la pensée que son adorable petit Miles, si joyeux et si intelligent, puisse devenir un jour une nouvelle version de son père, ou de son grand-père, elle sentait une part d'elle-même se rebeller.

Un autre Malak, cet homme capable de lui faire connaître les plaisirs les plus délicieux, avant de lui asséner froidement qu'il n'avait jamais voulu d'elle.

Quant à son père, le vieux roi détruit par le chagrin, elle n'avait jamais fait que le croiser au détour d'un couloir. Il semblait errer comme un fantôme, suscitant des chuchotements sur son passage.

Shona ne désirait voir son fils devenir ni comme l'un ni comme l'autre. Elle le voulait entier. Heureux. Aussi lumineux qu'il l'était maintenant.

Pourquoi ne désires-tu pas la même chose pour toi-même ?

Chassant ces pensées, Shona se concentra sur la douceur de l'instant. Rien qu'elle et Miles, comme avant.

Mais les questions revenaient la tarauder. Elle ne cessait de s'interroger sur elle-même, sur sa vie.

Pourquoi accordait-elle à quelqu'un le pouvoir de lui donner le sentiment d'être un déchet, même si ce quelqu'un était le seul homme qu'elle ait jamais aimé ? Pourquoi acceptait-elle son diktat alors qu'au fond d'elle-même, elle *savait* qu'il tentait délibérément de la blesser ?

Si quiconque avait osé faire la même chose à son fils,

elle l'aurait écrabouillé — pourquoi renonçait-elle à se battre pour elle-même ?

Tu n'as jamais été une pleurnicharde. Tu es une résistante. Une combattante.

Après avoir lutté chaque jour pour survivre à La Nouvelle-Orléans, durant tant d'années et sans l'aide de personne, elle pouvait bien faire la même chose dans ce palais où elle bénéficiait d'un confort inouï, de privilèges insensés.

Elle s'était battue toute sa vie pour se créer un semblant de sécurité. Elle avait protégé son enfant, veillé à ce qu'ils aient un toit et des conditions de vie décentes. Elle s'était battue, à chaque instant, même si elle faisait souvent les frais de cette lutte perpétuelle.

Et le simple fait de songer que Miles puisse connaître le même sort lui déchirait le cœur, encore plus que les paroles de Malak.

Shona se concentra sur sa respiration, ferma les yeux. Mais sans parvenir à chasser la sensation de malaise qui l'avait envahie, là, assise à côté de son fils dont le souffle régulier ne suffisait pas à l'apaiser.

Elle mourrait plutôt que de le voir prendre le même chemin qu'elle. Jamais elle ne supporterait de le voir obligé de s'endurcir, devenir aussi désespéré, aussi amer et méfiant qu'elle-même.

Alors, pourquoi acceptait-elle son propre sort aussi facilement ? Pourquoi y voyait-elle une fatalité ?

Il suffirait de si peu pour faire changer son univers.

Obéissant à une sorte d'instinct, Shona sortit sans bruit de la chambre et s'avança dans les couloirs du palais, l'enfilade de salons, comme si elle se trouvait vraiment chez elle. Comme si elle avait le droit d'aller où bon lui semblait. Elle passa devant les gardes postés à l'entrée des appartements de Malak et réalisa après coup qu'elle les avait salués d'un léger hochement de tête sans même y penser. Peut-être s'était-elle habituée à son statut royal…

Malak n'étant pas dans sa salle à manger privée, elle explora d'autres pièces qu'elle n'avait jamais fait qu'entrevoir. Une impression de luxe et de confort époustouflants en émanait. Elle ouvrit chaque porte, examina chaque salon, chaque vestibule du regard, mais sans s'attarder sur les sculptures monumentales, les grands tableaux de maîtres anciens, les sols pavés de marbre recouverts en partie de ravissants tapis.

Quand elle finit par le trouver, il se tenait au milieu d'une petite pièce aux murs blancs sur lesquels ressortaient des portraits d'hommes à l'expression sévère.

Shona n'attendit pas qu'il l'invite à entrer. Elle se dirigea droit vers lui, la tête haute et la démarche assurée.

— Je ne vois aucune raison pouvant justifier ta présence en ces lieux, dit-il d'une voix dure.

Le regard rivé au portrait lui faisant face, il ne daigna même pas tourner les yeux vers elle.

Mais son attitude ouvertement hostile ne provoqua aucune réaction agressive en Shona. Elle ne riposta pas du tac au tac. Parce que tout avait changé. *Elle* avait changé et ne le croyait plus. Ce qu'ils avaient partagé n'était pas un jeu instauré par Malak. Elle n'avait pas été un pion entre ses mains.

Croire cela, ç'aurait été continuer à se considérer comme un déchet. Une petite part d'elle-même en resterait peut-être persuadée à jamais, mais pas tout son être.

Et si elle voulait apprendre à son fils à se tenir droit, à lutter non seulement pour lui-même mais pour le peuple qu'il serait amené à gouverner un jour, elle devait lui donner l'exemple.

Dès maintenant. Quel que soit le prix à payer.

Jamais plus elle ne se réfugierait lâchement dans sa solitude pour se protéger. Jamais plus elle ne croirait les mensonges qu'on lui avait dits sur elle-même et qu'elle s'était racontés toute seule.

C'était terminé. Shona avait tiré un trait sur son passé. Seuls le présent et l'avenir importaient, désormais.

— Je ne vois aucune raison pouvant m'empêcher de venir en ces lieux, répliqua-t-elle avec un calme qui lui donna un merveilleux sentiment de fierté. Mais surtout, je t'aime, Malak. Même si tu te comportes décidément comme un imbécile.

13.

De toute évidence, personne n'avait osé traiter le grand cheikh Malak al-Khalia d'imbécile. Pas en face, du moins.

Il se tourna vers elle et la toisa d'un air stupéfait, incrédule et arrogant à la fois. Tandis que de son côté, Shona se contentait de le regarder en souriant. Sereinement.

— Aurais-tu perdu l'esprit ? demanda-t-il avec calme.

D'une voix douce, même. Mais elle ne s'y trompa pas, d'autant qu'un éclat sauvage luisait dans les beaux yeux verts.

— Je ne te crois pas, déclara-t-elle au lieu de répondre à sa question. Je ne crois pas un mot de ce que tu m'as dit tout à l'heure. Et je pense que tu n'y crois pas non plus.

— C'est beau, l'innocence, répliqua-t-il avec la même suavité apparente.

— Je ne suis pas vraiment innocente.

— Non, plus maintenant, je te l'accorde. Mais on pourrait te croire encore vierge, d'une certaine façon. Je ne sais pas comment te le dire gentiment, Shona, mais ce que tu ressens est très commun.

— Si c'est ta façon d'être gentil, c'est raté.

Il la dévisagea en silence, comme s'il avait pitié d'elle, mais Shona refusa de céder au désir de disparaître et d'aller se terrer quelque part. En sécurité.

Cet affrontement était capital. Il s'agissait du combat le plus important de sa vie.

— Quand on est vierge, poursuivit Malak sur le même ton, on a tendance à confondre sensations et émotions.

— Tu veux sans doute plutôt parler de la tendance qu'ont les rois, corrigea-t-elle. Ceux de ce pays, en tout cas. Face à toute émotion, ils paniquent, n'est-ce pas ? L'amour est trop grand. Trop encombrant. Il semble que ton père et ton frère aient ressenti le besoin de choisir entre l'amour et le trône.

— Tu ne sais rien de mon père ou de mon frère. Et je te conseille de faire très attention aux termes que tu emploies.

— Tu as insisté pour que je prenne toutes sortes de cours et je l'ai fait. J'en sais probablement davantage que toi sur l'histoire récente de Khalia, parce que tu l'as vécue de l'intérieur, alors que j'ai bénéficié de plus de recul.

Tendant la main, Shona appuya l'index sur le torse musclé de Malak et, voyant aussitôt une véritable stupeur envahir les traits virils, elle fut traversée par une joie immense. Il n'arrivait pas à croire qu'elle ait pu *oser* faire un geste aussi irrévérencieux.

Or elle était prête à oser, à prendre tous les risques. Après avoir passé sa vie à se contenter de rien ou de pas grand-chose, elle désirait tout avoir. Elle voulait Malak.

— Tu possèdes quelque chose que ni ton père ni ton frère n'ont eu.

— Je le sais. J'ai eu leur exemple et je n'ai pas le moindre désir de répéter leurs erreurs.

— Non, Malak, dit doucement Shona.

Elle fut gagnée par une délicieuse sensation de pouvoir. De certitude. Comme si elle avait toujours été reine et en position de revendiquer sa place auprès de son roi.

— Tu m'as, reprit-elle en soutenant le regard de Malak. Moi.

*
* *

Jamais Malak n'avait désiré rien ni personne comme il désirait Shona. Surtout à cet instant. Mais il ne pouvait se permettre de céder à une telle faiblesse.

— Je t'ai promis de t'épouser, si c'est à cela que tu fais allusion, commença-t-il, la gorge nouée.

La femme lui faisant face n'était pas celle qu'il avait quittée un peu plus tôt, celle qui l'avait dévisagé d'un air choqué et profondément blessé. C'était la créature fière et rebelle qui l'avait regardé de haut dans ce restaurant quelconque du Quartier français, comme s'il s'était introduit par effraction dans sa forteresse privée. La femme qui avait refusé la vie confortable et privilégiée qu'il lui offrait parce qu'elle tenait farouchement à son indépendance chèrement acquise.

Sa Shona. Sa reine.

Mais il ne pouvait laisser ces considérations entrer en ligne de compte.

— Non, Malak. Ce n'est pas du tout à cela que je faisais allusion, répliqua-t-elle avec un calme souverain. Et tu le sais très bien.

Le cœur lui martelant les côtes, il attendit la suite.

— Tu crois que je ne sais pas ce que c'est que d'avoir peur d'aimer, Malak ?

Ce fut comme si elle l'étranglait alors qu'elle ne faisait qu'appuyer le doigt contre sa poitrine.

— Je n'ai pas peur de l'amour, riposta-t-il d'un ton cassant.

Mais ces mots lui laissèrent un goût amer aux lèvres.

— Je n'ai peur de rien, Shona. Demande autour de toi : je suis bien connu pour ma témérité, dans tous les domaines.

— Tu parles d'un autre Malak, rétorqua-t-elle avec la même assurance tranquille. Celui qui est mort le jour où ton frère a abdiqué — je me trompe ? Dès l'instant où tu as endossé ton nouveau rôle, tu as changé, parce que tu n'avais pas le choix. Le prince play-boy insouciant s'est transformé en souverain responsable. Je le sais.

— Bien sûr ! fit-il avec hauteur. Parce que tu es une habituée du trône, n'est-ce pas ?

— Parce que j'ai un enfant.

Cette fois, la certitude colorant sa voix atteignit Malak en plein cœur. Shona soutenait son regard avec un mélange de force et de douceur qui lui donnait l'impression d'être écartelé entre deux désirs. Celui de la prendre dans ses bras, ou de la repousser en s'assurant qu'elle n'ait plus jamais envie de revenir vers lui.

— J'avais vingt et un ans et j'étais plus seule que tu ne peux l'imaginer, continua-t-elle. Et soudain, je me suis retrouvée mère. Tout ce que je ressentais, tout ce que j'envisageais, pensais, a changé dès cet instant. Et une grande part de ce changement représentait un sacré défi, crois-moi. Mais je me dis parfois que cela m'a sauvée.

Il fallait qu'il réplique quelque chose, n'importe quoi, pour la faire taire avant qu'il n'étouffe complètement.

— Lorsqu'on n'a pas le droit à l'erreur parce que des vies sont en jeu, on ressent presque un sentiment de liberté, n'est-ce pas ?

Le beau sourire de Shona, triste et sage à la fois, le transperça.

— On n'a pas le choix, poursuivit-elle. On doit prendre les bonnes décisions, alors on le fait.

Malak était au supplice. Il se sentait glacé et brûlant à la fois. Il ne savait pas ce qu'il voulait. Un combat terrible se livrait en lui. Entre ses désirs contradictoires.

Et, pire encore, Shona semblait le savoir.

— J'ai compris que tes parents avaicnt toujours été distants. Peut-être se sont-ils même montrés cruels. Et je compatis, vraiment. Mais parmi toutes les femmes qui auraient pu porter ton enfant, tu en as choisi une qui ne savait même pas ce que c'était que d'avoir des parents. Toi, au moins, tu as connu ta mère.

— Ma mère…

Il aurait dû s'arrêter, mais ne put s'empêcher de

continuer. Peut-être à cause de la chaleur du regard de Shona. De la compassion qui se lisait dans son regard.

— Elle me détestait.

D'habitude, quand il disait ce genre de chose — toujours sur le ton de la plaisanterie et accompagné d'un petit rire désinvolte —, on lui répliquait invariablement : « Mais non, elle ne te détestait pas, c'est impossible ! C'était sans doute compliqué pour elle. Aucune mère ne déteste son enfant. »

À présent, il connaissait la vérité. Sa mère avait voulu Adir. Après l'avoir perdu, elle l'avait conçu, lui, Malak, pour se consoler, avant de le haïr parce qu'il ne pourrait jamais compenser sa perte.

Shona ne réagit pas comme les autres. Elle ne lui servit pas non plus de platitude. Elle se contenta de le regarder un long moment en silence.

— Peut-être te détestait-elle effectivement, répliqua-t-elle avec la même force tranquille. Mais cela en révèle beaucoup plus sur elle que sur toi.

À ces mots, il eut l'impression que l'univers basculait autour de lui.

— Shona…

— Je sais ce que c'est, dit-elle, les yeux embués de larmes. Oh oui, je le sais. Et jusqu'à maintenant, j'avais construit toute ma vie en réaction par rapport à ce que j'avais vécu enfant. Je pourrais continuer à faire la même chose, jusqu'à mon dernier jour. Toi aussi. Mais à quoi cela nous mènerait-il ?

— Shona.

Au lieu de se taire, elle se rapprocha et étala la main sur sa poitrine. Tout doucement. Sans que Malak ne se décide à la repousser comme il aurait pourtant dû le faire.

— Je me suis promis que je ne permettrais jamais que Miles vive un seul moment de ce que j'ai vécu, affirma-t-elle d'un ton résolu et solennel, les yeux brillants. Tu ne comprends pas que notre comportement aura une influence sur l'homme qu'il deviendra ? Tu désires vraiment qu'il nous ressemble, Malak ? Tu veux le limiter, lui imposer un modèle — qu'il suivra ou rejettera —, avant même qu'il ne soit en mesure de faire ses propres choix ?

Une larme roula sur sa joue. Une deuxième. Sidéré par son propre geste, Malak posa les mains sur les belles épaules rondes.

— Non, jamais, dit-il, les mâchoires crispées.

— Je préfère croire que l'amour n'est effrayant que si nous voulons qu'il le soit, chuchota Shona. Que nous ne sommes pas éternellement prisonniers des mêmes cycles infernaux. Miles mérite mieux que cela, tu ne crois pas ?

Lorsque, levant les bras, elle prit le visage de Malak entre ses mains, il sentit le sol vaciller sous ses pieds.

— Nous aussi, murmura-t-elle. Nous méritons mieux.

— Je ne sais pas comment faire, réussit-il à articuler en dépit de l'étau qui lui enserrait la poitrine. Je ne sais rien de toutes ces choses. Je ne sais pas comment les ressentir ni…

— Je ne pense pas qu'il s'agisse de savoir, Malak.

— Je suis roi, Shona. Je ne peux pas être… *ça*…

Le dernier mot avait jailli malgré lui. Rauque, brut. Malak avait l'impression qu'on le lui avait arraché de force, du plus profond de son être.

Puis le barrage explosa et le flot déferla, indomptable.

— Je ne pense qu'à toi, dit-il d'une voix à peine reconnaissable. Tu hantes mes rêves. Je t'ai dans la tête, où que j'aille, quoi que je fasse. C'est de la folie !

Shona ne le repoussa pas. Ne le gratifia pas d'une réplique bien sentie dont elle avait le secret.

Elle sourit. Et son sourire fit à Malak l'effet d'un rayon de soleil surgissant au milieu d'une nuit obscure.

— Ce n'est pas de la folie, Malak. C'est de l'amour.

— L'amour n'est pas éblouissant, protesta-t-il. Ce n'est pas sauvage et dévastateur. Cela ne peut pas être aussi total, aussi plein, aussi…

— Aussi parfait ? demanda-t-elle, souriant toujours.

Se haussant sur la pointe des pieds, elle s'appuya contre lui.

— Je suis désolée de te l'apprendre, mon petit roi chéri. Mais *ça*, comme tu dis, c'est de l'amour.

Malak sentit quelque chose rugir en lui. Un courant primaire d'une intensité inouïe. Il s'attendait presque à voir les murs s'écrouler autour d'eux. Mais rien ne bougea. Quant à Shona, elle continuait de le regarder, les yeux emplis de larmes — et d'une merveilleuse confiance.

— Je ne sais pas comment tu peux être aussi optimiste, dit-il en la serrant contre lui. Alors que jusqu'à présent, l'amour dont tu parles n'a abouti qu'à des catastrophes.

— Nous n'avons pas le choix. Tout ira bien parce qu'il le faut.

Le sourire de Shona illuminait tout son visage. Jamais Malak n'avait vu quelque chose d'aussi beau. Il en sentit la chaleur se propager dans sa poitrine, dans son cœur, et comprit enfin que cette femme merveilleuse s'y était installée dès le premier soir, dès l'instant où il l'avait vue entrer dans ce bar, avec sa petite robe en lamé doré.

Et elle y demeurerait toujours, jusqu'à son dernier souffle.

— Tu n'étais pas au courant ? murmura-t-elle contre ses lèvres. J'ai toujours raison — je suis la reine de Khalia, non ?

14.

Ce fut le mariage le plus grandiose de toute l'histoire de Khalia.

C'est en tout cas ce que l'on répéta à Shona.

Les festivités durèrent plusieurs jours, selon la tradition, et elle en adora chaque étape, chaque instant, y compris la séparation obligée d'avec son fiancé.

Lorsqu'ils se retrouvèrent le matin de la cérémonie — à laquelle le pays tout entier semblait assister —, Shona eut l'impression qu'elle allait mourir si elle ne pouvait passer quelques moments seule avec Malak.

Hélas, une reine ne pouvait pas toujours faire ce qu'elle voulait. Aussi dut-elle saluer des centaines de personnes, sourire et acquiescer, parler des initiatives qu'elle avait lancées en faveur des orphelins et qu'elle mettrait en œuvre aussitôt après le mariage. Elle dut par ailleurs mémoriser les noms de chacune des personnalités qui défilaient devant elle — et remercia en son for intérieur ses professeurs zélés, parce que sans eux, elle n'aurait certes pas été à la hauteur.

Shona fit la connaissance de divers souverains et chefs d'État voisins. Elle eut le plaisir de rencontrer Zufar, le frère aîné de Malak. Accompagné de son épouse Niesha, ce dernier paraissait très heureux, ce qui prouvait qu'il avait fait le bon choix. Galila, la benjamine, se comporta d'emblée en amie, et son charme et sa vivacité d'esprit plurent beaucoup à Shona. Quant à son mari, le cheikh Karim al-Zyria, il était aussi beau que réservé.

Ils formaient déjà une famille, songea-t-elle en regardant son somptueux époux et ses frère et sœur bavarder avec le ténébreux Adir, leur demi-frère, et la ravissante épouse de celui-ci, Amira. Une famille harmonieuse dont elle faisait partie.

Même le vieux roi fit un effort et afficha un sourire presque affectueux qu'il garda aux lèvres durant toute la réception, allant saluer tour à tour les invités et causant quelques instants avec l'un ou l'autre.

Mais pour Shona, le plus beau moment fut celui où il prit les mains de Malak et l'appela son fils et son roi, avant de se tourner vers elle en lui disant qu'il la considérait déjà comme sa fille.

Quant à Miles, il débordait de joie, naturellement. Le prince héritier souriait à tout le monde et riait, répétant à qui voulait l'entendre que maintenant que ses parents s'étaient décidés à se marier, ils formaient une *vraie* famille.

Tout cela était si fort, si émouvant, que Shona en avait les larmes aux yeux.

Puis vint enfin le moment de quitter les invités.

Malak lui prit la main et l'entraîna hors de l'immense salle de réception occupant tout le rez-de-chaussée du corps principal du palais, puis s'avança vers la large double porte ouverte sur les jardins.

— Ce n'est pas le plus court chemin pour rejoindre ta chambre, fit remarquer Shona.

— Désolé, ma belle épouse, tu vas devoir attendre un peu, répliqua-t-il en souriant.

Ils traversèrent la grande cour au fond de laquelle attendait un hélicoptère d'un noir brillant. Malak l'aida à monter à bord, s'installa à côté d'elle, et l'appareil décolla.

Après leur avoir fait survoler la capitale dont jaillissaient des fusées multicolores destinées à célébrer leur union, le pilote poursuivit sa route au-dessus du désert qui s'étalait dans toutes les directions.

Lorsque l'hélicoptère amorça soudain sa descente,

Shona retint son souffle en apercevant soudain le lieu où ils allaient atterrir.

Une incroyable trouée de verdure ressortant au milieu de tout ce sable. La vision était magique, féerique.

— Bienvenue dans mon oasis, dit Malak une fois qu'ils furent à terre. C'est ce que j'ai de mieux, dans le genre conte de fées…

— C'est merveilleux, répliqua Shona en souriant. C'est… parfait.

Un petit étang scintillait doucement au pied de palmiers dattiers. Des tentes aux teintes vibrantes se dressaient un peu plus loin.

L'ensemble formait un tableau magnifique, presque irréel. Mais ce qui importait le plus à Shona, c'était Malak. Et s'ils s'étaient retrouvés soudain dans sa petite maison de La Nouvelle-Orléans, elle aurait ressenti exactement la même chose.

— Je t'aime, dit-il en l'entraînant vers la plus grande des tentes.

L'intérieur de celle-ci était meublé comme un appartement, découvrit bientôt Shona. Mais un appartement très spécial.

Un lit à baldaquin occupait un tiers de l'espace, le reste étant aménagé en salon, avec divans bas couverts de coussins brodés, poufs, tables basses aux plateaux de cuivre installés sur d'épais tapis colorés.

Mais lorsque Malak la prit dans ses bras et l'attira contre lui en la regardant dans les yeux, elle oublia tout ce qui les entourait. Elle ne voyait plus que lui.

— Je t'aime, Shona, répéta-t-il.

Son mari. Son roi. L'amour de sa vie.

— Tu m'as donné un fils. Puis tu m'as offert le monde. En retour, je te donnerai tout ce que je possède. Et tout ce que je suis.

— Tu m'en vois très honorée, murmura Shona.

Quand elle le vit hausser les sourcils, avec ce mélange

d'arrogance et d'étonnement qu'elle aimait tant, elle éclata de rire.

— Mais je crois que j'ai mieux, comme cadeau de mariage.

— Mieux que l'amour et la dévotion du roi de Khalia ? J'en doute…

Shona lui prit les mains et les posa sur son ventre. Une telle expression envahit alors les traits de Malak, une telle joie émerveillée qu'elle eut beau continuer de sourire pour refouler ses larmes, elle ne put les retenir bien longtemps.

— D'après le médecin du palais, je suis enceinte de presque six semaines, chuchota-t-elle.

— Shona…

Il la dévisageait comme s'il assistait à un miracle.

— Et moi aussi, je t'aime, Malak. Et nous aimerons cet enfant comme nous aimons déjà notre petit Miles. Car en plus d'être un excellent roi, tu seras le meilleur des pères. Je le sais.

— Si je suis père, c'est grâce à toi.

Sur ces mots, il la souleva dans ses bras, très haut, avant de la laisser glisser contre lui et de prendre sa bouche avec passion.

Ensuite, ils restèrent étroitement enlacés un long moment, tandis que Shona savourait la merveilleuse chaleur qui l'enveloppait.

— Je ne mérite pas tout ce bonheur, dit soudain Malak d'une voix rauque d'émotion. Je ne *te* mérite pas.

Shona leva la main et lui caressa la joue, le cou.

— Il ne s'agit pas de le mériter mais de le vivre.

Puis elle l'embrassa. Doucement.

— Il suffit de croire que nous en sommes capables, ajouta-t-elle contre sa bouche.

— Je le crois, affirma farouchement Malak.

Sur ces mots, il la souleva de nouveau dans ses bras et l'emporta vers le lit à baldaquin, là, dans cette tente installée au milieu d'une oasis qui semblait avoir surgi d'un rêve, au fin fond du désert.

Un rêve dont ils étaient les principaux acteurs et qui ne faisait que commencer.

Vous avez aimé ce roman ?
Retrouvez vite en numérique l'intégrale de la série
« Les rois du désert » :

1. *L'honneur d'Adir*, Tara Pammi
2. *La reine de Zufar*, Maya Blake
3. *Le destin de Galila*, Dani Collins
4. *Le règne de Malak*, Caitlin Crews

Retrouvez en août 2019,
dans votre collection

Azur

Le secret de Manhattan, de Kate Hewitt - N°4114

ENFANT SECRET

Un gratte-ciel de Manhattan, des lumières qui scintillent derrière de vastes baies vitrées. Voilà le décor dans lequel Maisie fait le ménage, la nuit, pour un jour atteindre ses rêves. Habituée à arpenter les couloirs dans la solitude, quelle n'est pas sa surprise de découvrir, un soir, un homme attardé au bureau. Un homme splendide nommé Antonio Rossi, et dont la tristesse lui étreint le cœur. Bientôt, tous deux se laissent aller à quelques confidences, puis à une étreinte passionnée. Une folie qui n'est pas sans conséquences…

Cet insupportable patron, de Cathy Williams - N°4115

COUP DE FOUDRE AU BUREAU

Face à Matt Strickland, Tess sent la colère l'envahir. Cet homme d'affaires brillant qui vient de l'embaucher pour s'occuper de sa fille, la considère avec une insupportable condescendance. Elle aimerait lui dire le fond de sa pensée, mais elle se doit pourtant de rester calme et professionnelle. Non seulement Tess a cruellement besoin de cet emploi, mais surtout, il n'est pas question qu'elle abandonne la petite Samantha aux seuls soins de ce père autoritaire et débordé…

Irrésistible Jafar, de Rachael Thomas - N°4116

LES PRINCES DU DÉSERT

« Je veux vous engager… pour être ma femme. » La proposition de Jafar al-Shehri laisse Tiffany sans voix. Certes, elle est réputée pour organiser de somptueux mariages, mais de là à endosser le rôle d'épouse, il y a un pas ! Pourtant, Jafar sait se montrer persuasif : il s'agirait d'une union platonique de trois mois seulement. Si bien que Tiffany accepte de suivre le cheikh au Shamsumara… au risque de bientôt le regretter !

Une vengeance grecque, de Trish Morey - N°4117

Athéna n'en revient pas. Son père, si peu présent dans sa vie, vient de tout lui léguer : sa fortune, une villa grecque, un immense yacht, un hélicoptère… Et surtout, l'île d'Argos ! Alors qu'elle prend timidement les rênes de sa nouvelle vie, elle tombe sous le charme d'Alexios Kyriakos. Parce qu'il est lui-même milliardaire, elle est sûre que c'est à elle seule qu'il s'intéresse, et non à son héritage. Hélas, elle découvre bientôt que son amant ne l'a séduite que pour se venger de sa famille…

Les vœux d'une héritière, de Louise Fuller - N°4118

« Je le veux. » Rien ne pouvait davantage réjouir Max Montigny que d'entendre Margot Duvernay lui promettre amour et fidélité. Autrefois rejeté par la famille de la belle héritière, il a connu le pire. Jusqu'à ce que, à force de volonté et de travail, il revienne sur le devant de la scène. Aujourd'hui, afin de préserver son domaine et les vignobles de champagne dont elle est la PD-G, Margot n'a eu d'autre choix que de l'épouser. Et cette union sous contrainte est pour lui la plus délicieuse des vengeances…

Mariée à Dante Vittori, de Tara Pammi - N°4119

Épouser Dante Vittori ? À cette seule pensée, Alisha frémit tout entière. Bien qu'il soit l'objet de tous ses fantasmes, le bel Italien est son ennemi juré. Certes, il ne s'agirait que d'une union de convenance entre eux, et qui lui garantirait des fonds inépuisables pour la fondation qu'elle dirige. Mais à côtoyer Dante, ne risque-t-elle pas de perdre tout contrôle ? Les risques sont bien réels, en effet : chaque regard échangé pourrait éroder sa résistance, et la frontière entre haine et amour se troubler dangereusement…

L'honneur d'une Sicilienne, de Jennifer Hayward - N°4120

Née dans une famille de mafieux siciliens, Gia Castiglione s'est toujours pliée aux ordres de son clan. Jusqu'à cette nuit-là où, grisée par le désir, elle s'est abandonnée dans les bras de Santo Di Fiore, oubliant alors qu'elle était promise à un autre. Si cet instant d'égarement a bouleversé sa vie jusqu'à la contraindre à fuir aux Bahamas, Gia ne l'a pas regretté. Car un enfant est né de cette union interdite. Un enfant qu'elle a protégé durant trois ans, mais dont Santo est aujourd'hui venu réclamer la paternité…

L'héritier de Rodrigo Cabrera, de Jennie Lucas - N°4121

SÉRIE : *HÉRITIERS SECRETS & SCANDALEUSES MARIÉES* - 3/3

Rejetée avec mépris par Rodrigo Cabrera, Lola lui a caché être enceinte de lui. Hélas, maintenant que le milliardaire a découvert son secret, il exige que son héritier porte son nom ! Bientôt mariée sous la contrainte, Lola tente de résister à Rodrigo, si arrogant et distant avec elle. Mais emportée par la passion, elle comprend que, face au désir, il ne peut y avoir qu'une seule issue : la reddition…

Les roses de la passion, de Melanie Milburne - N°4122

SÉRIE : *D'AMOUR ET DE HAINE* - 1/2

Fleuriste, elle sublime les mariages. Avocat, il plaide en faveur du divorce. Autant dire que tout sépare Holly de Zack. Du moins, jusqu'à ce qu'ils soient déclarés fiancés, bien malgré eux. Dès lors, et pour tirer profit de cette situation scandaleuse, Holly décide de se prêter au jeu. Mais elle a beau lutter contre le désir qui la rapproche de Zack, elle sent peu à peu ses résolutions vaciller. Au point qu'elle oublie soudain qu'il ne s'agit entre eux que d'une comédie…

Au service d'un cheikh, de Sharon Kendrick - N°4123

Hannah peut être fière de son parcours. L'orpheline sans racines travaille aujourd'hui dans un hôtel qui symbolise le luxe absolu, sur une île méditerranéenne de toute beauté. Dans ce palace défilent princes et hommes d'affaires, héritières et stars hollywoodiennes. Habituée à côtoyer les puissants en toute discrétion, elle n'en est pas moins impressionnée d'être un jour mise au service exclusif du cheikh Kulal al-Diya. Face au roi du désert, dont l'aura virile la captive, la femme de chambre réservée n'est soudain plus que désir…

Une tentation interdite, de Dani Collins - N°4124

Depuis toujours, Rowan O'Brien représente le fruit défendu pour Nico. Rowan, la femme dont les traits délicats et les courbes voluptueuses hantent ses longues nuits d'insomnie, mais aussi la seule femme qui lui soit interdite. Non seulement parce que son propre père considérait Rowan comme la fille qu'il n'avait jamais eue, mais aussi parce qu'il déteste l'homme brûlant de désir et impulsif qu'il devient en sa présence. Pourtant, lorsque la mort de leurs parents les oblige à cohabiter, le temps de régler la succession, Nico sent ses résolutions vaciller. Pourquoi ne pas céder à la tentation, juste une fois ?

Composé et édité par HarperCollins France.

Achevé d'imprimer en juin 2019.

CPI
BLACK PRINT

Barcelone

Dépôt légal : juillet 2019.

FSC
www.fsc.org
MIXTE
Papier issu de sources responsables
FSC® C108412

Pour limiter l'empreinte environnementale de ses livres, HarperCollins France s'engage à n'utiliser que du papier fabriqué à partir de bois provenant de forêts gérées durablement et de manière responsable.

Imprimé en Espagne.